诗经原来这么美

桃之夭夭 伊人袅袅

八月安妮 著

北京联合出版公司

图书在版编目（CIP）数据

桃之夭夭，伊人袅袅：诗经原来这么美 / 八月安妮著 . — 北京：北京联合出版公司，2023.11
ISBN 978-7-5596-7198-1

Ⅰ.①桃… Ⅱ.①八… Ⅲ.①《诗经》—诗歌研究 Ⅳ.① I207.222

中国国家版本馆 CIP 数据核字 (2023) 第 156317 号

桃之夭夭，伊人袅袅：诗经原来这么美

作　　者：八月安妮
出 品 人：赵红仕
责任编辑：牛炜征
封面设计：吴黛君

北京联合出版公司出版
（北京市西城区德外大街83号楼9层 100088）
北京新华先锋出版科技有限公司发行
大厂回族自治县德诚印务有限公司印刷　新华书店经销
字数160千字　787毫米×1092毫米　1/32　8印张
2023年11月第1版　2023年11月第1次印刷
ISBN 978-7-5596-7198-1
定价：49.00元

版权所有，侵权必究
未经书面许可，不得以任何方式转载、复制、翻印本书部分或全部内容。
本书若有质量问题，请与本社图书销售中心联系调换。电话：（010）88876681-8026

序言

《诗经》原来可以这样读

"关关雎鸠,在河之洲。窈窕淑女,君子好逑。"翻开《诗经》的第一页,我们就被一条蜿蜒清澈的河流挡住了去路。这是一条没有名字的河流,而它却见证了一段美丽的爱情。两千多年前的浪花直到今天依然泛着淡淡的涟漪,是谁在岸边行走,且歌且哭。时光与记忆隔着同一条河与我们遥遥相望,如今,它又借助单薄的纸张传诵着祖先的吟唱。

英国诗人库珀曾经说过:"上帝创造了乡村,人类创造了城市。"《诗经》在我们的心中,犹如《圣经》一样崇高与尊贵,它记录着古老的中华民族光辉灿烂的农业文明。翻开这部书页泛黄的典籍,我们会由衷地感叹,那里面生活的人们是多么幸运,因为他们生活在离造物主最近的地方，房屋门前就是原野、山峦和岩石，一切的一切都是造物主最原始的作品，散发着造物主创世时的迷人芬芳。只有田野里纵横交错的阡陌是属于他们自己的。于是采诗官们奔走于田间地头，聆听着大自然勃勃的生机和人类豪迈的嗓音。

"七月流火，九月授衣。"伴随星辰的坠落，纸上浮现出耕种、狩猎、婚嫁、祭祀、园艺、兵役的场景。这是人类一代又一代传承下来的生活方式。"七月在野，八月在宇，九月在户，十月蟋蟀入我床下。"《诗经》把我们带回到人类最质朴的年代，日出而作，日落而息。我们仿佛置身于鸡犬之声相闻的村落，模仿祖先，开始刀耕火种的事业。在阅读中我们目睹了古人的生活。

《诗经》里的电闪雷鸣，使一个失去记忆力的民族，蓦然找到了她曾经遗忘的角落。《诗经》将我们引领到一个河流纵横交错的地带，水雾弥漫，扑面而来，模糊了人们的视线。《诗经》本身就是一条河流，一条历史的河流、艺术的河流，秉烛夜读，我们仿佛成为一尾尾游鱼，在《诗经》的河流里穿梭。这是一条没有名字的河，在时间的地图里无从查考，但是它岸边生长的蒹葭却因为爱情，让我们记住了它。

我们的血管，也已形成那条河的支流。我们呼吸着芬芳的空气，接受着文化的滋养。

今天的我们已经无法回到《诗经》的时代，那个刀耕火种、男耕女织的时代，我们已经无法复刻古人的那份单纯与天真。只能在《诗经》的指引下回望那纯真的年代，遥想那阳光灿烂的日子。今天的世界，充斥着欲望和高音喇叭的噪声，而每次翻开《诗经》，却可以聆听那来自远古的天籁回音。

《诗经》，穿越了西周到春秋长达500多年的岁月风尘，在历史的长河中缓缓流淌，三百个故事，三百个心情，拂去了历史的烟尘，幻化出万千风情。或是浅吟低唱，或是钟鼓齐鸣，颂声煌煌，歌声悠扬。淘尽时光的细沙，涤尽世间的尘埃，循着雎鸠的关关之声，穿过水边苍郁的蒹葭，追寻一位位伊人的倩影。她们明眸善睐，她们娴静柔美，她们大胆执着，她们活泼可爱。她们是蕴含着古典气息的女性，仿佛悠悠仙乐，让人在沉静中回味那一份雅致与美好。

一部《诗经》，多少优美曼妙的身影穿梭其间，人生百味，辣苦酸甜，交替浸染。经历，是一种财富；时间，记载着爱情的脚步。"昔我往矣，杨柳依依；今我来思，雨雪霏霏。"时光流逝如箭一般迅疾，永恒的爱情呈现出诗情画意。

爱，世界上最美的字眼，人世间永恒的主题。穿越时间的隧道，领略远古的诗意与甜美，花前月下的浪漫，辗转反侧的无眠，这就是爱的滋味。循着爱的歌声，沿着情的足迹，品味《诗经》中的美丽与哀愁，追寻爱的源泉，品味我生之初的情愫。

诗经 目录

相思醉·第一辑

关雎　　002

蒹葭　　012

汉广　　020

美人颂·第二辑

硕人　　030

月出　　039

离别恨·第三辑

燕燕　　048

汝坟　　059

绿衣　　067

01

怨女泪·第四辑

卷耳 ◎ 076

雄雉 ◎ 092

氓 ◎ 104

击鼓 ◎ 118

之子归·第五辑

桃夭 ◎ 130

鹊巢 ◎ 141

螽斯 ◎ 149

葛覃 ◎ 158

劳动歌·第六辑

七月 ◎ 168

丰年 ◎ 184

采蘩 ◎ 193

鸿雁 ◎ 201

断章阕·第七辑

木瓜 ◎ 235

思齐 ◎ 226

鹤鸣 ◎ 218

甘棠 ◎ 210

参考书目 ◎ 246

第一辑

相思醉

关 雎

关关雎鸠[1]，在河之洲[2]。
窈窕淑女[3]，君子好逑[4]。

参差荇菜[5]，左右流之[6]。
窈窕淑女，寤寐求之[7]。

求之不得，寤寐思服[8]。
悠哉悠哉[9]，辗转反侧[10]。

参差荇菜，左右采之。
窈窕淑女，琴瑟友之[11]。

参差荇菜，左右芼之[12]。
窈窕淑女，钟鼓乐之。

注释

[1] 关关：水鸟相和鸣叫的声音。雎（jū）鸠：一种水鸟。

[2] 洲：水中的陆地。

[3] 窈窕（yǎo tiǎo）：内心、外貌美好纯真的样子。淑：好，善。

[4] 君子：这里指对贵族男子的尊称。逑（qiú）：配偶。

[5] 参差（cēn cī）：长短不齐的样子。荇（xìng）菜：又名接余，一种多年生浅水性草本。茎白叶紫，根部上青下白。可入药，或用于泡酒。

[6] 流：顺着水流的方向采摘。

[7] 寤（wù）：睡醒。寐（mèi）：睡着。

[8] 思服：思念。

[9] 悠：思念。

[10] 辗转：转动。反侧：翻来覆去。

[11] 琴瑟：琴和瑟都是古时的弦乐器。友：友好交往，亲近。

[12] 芼：拔取。

译文

水鸟关关相鸣叫,栖息在河中沙洲。
善良美丽的姑娘,男儿心仪的配偶。

长短不齐的荇菜,姑娘们左采右摘。
善良美丽的姑娘,醒时梦中都想她。

想念追求不可得,醒时梦中长相思。
思念她啊思念她,翻来覆去难入眠。

长短不齐的荇菜,姑娘们左摘右采。
善良美丽的姑娘,弹琴鼓瑟亲近她。

长短不齐的荇菜,姑娘左右去采摘。
善良美丽的姑娘,敲钟击鼓取悦她。

千古爱恋的绝唱

《关雎》是我国最早的一部诗歌总集《诗经》中的首篇。古人认为《诗》本有"四始"之说,而将《关雎》列为"风"之始,由此可见此诗是备受重视的,也因此而广为传诵。《诗经》中的"十五国风"大多数是这十五个国家的民歌,民歌本来就有许多是描写男女爱情的作品,《关雎》正是这样一篇产生于两千多年前的古老的民间恋歌。这首诗写一个男子爱上了一位美丽的姑娘,醒时梦中都不能忘怀,而又无法追求到。他面对悠悠的河水,耳闻沙洲上成双成对的雎鸠鸟欢乐地歌唱,看着水流中摇动的荇菜,那个姑娘在水边采荇菜的身影,便又浮现在他的眼前,这清晰的记忆,使他更加痛苦,以至出现了幻觉,仿佛同那个姑娘已结成了伴侣,共同享受着婚后欢乐的生活。诗人触景生情,借助气氛的烘托,幻想境界的描述,生动地打发了强烈的相思之情,真切感人。

《关雎》首先以描写河边滩头上一对鸣叫唱和的雎鸠鸟起兴，雎鸠是一种水鸟，在古代的传说中，它们雌雄相伴、形影不离。"关关雎鸠，在河之洲"，这既可以看作是作者所看到的景象，也可以认为是以雎鸠鸟为比，以雎鸠鸟的求偶为兴。一个年轻的小伙子，见到河洲上一对相亲相爱的水鸟，听到它们一唱一和的鸣叫，自然会产生无限的情思，何况他的心目中已经有了一个心爱的人。"窈窕淑女，君子好逑"，他是多么希望那位美丽贤淑的好姑娘，能够成为自己的配偶。虽然只是短短的四句，却层次分明，语约义丰。

第二章直率地写出自己对贤淑女子的倾慕之心和相思之苦。这个青年男子所爱恋的乃是河边一位采摘荇菜的姑娘，"参差荇菜，左右流之"。荇菜，是一种水生植物，叶径一二寸，马蹄形，药用价值极高，亦可泡酒。"左右流之"，是描摹姑娘采摘荇菜时优美的身姿，顺着水流忽而侧身向左，忽而侧身向右地去采摘。正是这位采摘荇菜的姑娘在水边劳动时的窈窕身影，使他日夜相思，无法忘怀。"窈窕淑女，寤寐求之。求之不得，寤寐思服（思念）"非常形象地描写出了他追求、想念那位女子的迫切心情；"悠哉悠哉，辗转反侧"，是写他的相思之苦，已经到了寝食难安的程度。悠，思念的意思。指男子夜夜思念心上人，被无尽的相思之意折磨得心痒难耐，躺在床上整夜翻来覆去无法安眠。所谓情到极处必生幻。紧接着就是第三章，笔锋一转，突然出现了"琴瑟友之""钟鼓乐之"的欢快、热闹场面。这不啻是一个充满戏剧性的转变。一般来说，这两句可以被解释为男子希望以琴瑟接近女子，以钟鼓取悦女子，但从更深一个层面而言，两句诗未尝不蕴含着一种象征的意味，即以弹琴奏瑟，来比喻两人相会相处时的和谐愉快；"钟鼓乐之"，则是描写男子幻想中两人结婚时热闹非凡的场面。

毫无疑问，这正是饱受相思之苦的男子对未来的设想，是他日思夜想希望实现的愿望。当然，幻想并非现实，但是幻境皆由情所生，也是非常自然的。而这位抒情主人公，却已经沉醉于自己预想的成功之中了。这一爱情心理的描写，正与《秦风·蒹葭》中的主人公苦苦追寻所爱而不得，而出现了"宛在水中央"的幻觉如出一辙，极富浪漫色彩和情调。而这其实正是对生活中所常见的爱情心理的细微捕捉和真实刻画。

《诗经》中的"国风"所选录的多是民间的歌谣，唱出的是百姓的心声，是人们在真实的生活体验中所得出的实实在在的道理。它的动人之处就在于说出了平凡的人们都能够体验到的人生经历和道理，它的光辉使那些矫揉造作、无病呻吟的作品顿时显得苍白无力。

老百姓的歌就和老百姓的话一样，朴实而真切，却往往能够一针见血，表达的内容和感情也是有血有肉的。男大当婚，女大当嫁，这是亘古不变的规律、自然的法则。好男儿见到好姑娘就会怦然心动，好姑娘见到好男儿也会倾慕不已，这是最合乎自然、最合乎人性的冲动。

怀春的妙龄少女，痴情的翩翩少年，爱的萌动，心的激荡，大概应该算作是人世间永恒的主题。真挚动人的情歌，可以说是千古绝唱。

有情人间春意浓

爱情是人类特有的感情，也是一种自发的不由自主的情感冲动，同时也是个体的一种自我选择。《诗经》中的爱情诗，热烈而奔放，浪漫、清新而纯净，是心与心的交流，是情与情的碰撞。

《郑风·溱洧》便是最具有代表性的一篇。这首诗所写的是郑国阴历三月上巳节男女聚会的情景。阳春三月，大地回暖，艳阳高照，鲜花遍地，众多男女齐集溱水、洧水岸边，临水祓禊，祈求美满的婚姻。一对情侣手持香草，穿行在熙熙攘攘的人群之中，感受着春天的气息，享受着甜蜜的爱情。他们边走边笑，并且互赠芍药作为定情之物。

而《邶风·静女》则更是把当时青年男女在一起时的那种天真活泼、相互逗趣的情景写得活灵活现。一个别有心思逗惹，一个语带双关地凑趣，其开朗的性格、深厚的感情、愉快的情绪，跃然纸上。

《诗经》中的这类爱情诗，展示给我们的是人类最美好的情感世界。这里没有世俗的偏见，有的只是生命本能的真实写照与个体情感的自然流露。浪漫与明媚的爱情，如山上生机勃勃的鲜花，充满了野性之美，又如滋养万物的土壤，培育着一代代浪漫的生活情愫，塑造着昂扬的生命精神。

《诗经》中的爱情诗，大多是依据生活的逻辑，突出了情窦初开的青年男女对真挚情感的渴望，还原了生命与生活的意义。诗人对自己的感情和愿望丝毫不加以掩饰。这种浓烈的感情和大胆的表白，正是生命欲望和生理本能的自然显露。

《诗经》中描写的爱情，没有礼教和贞节观念的束缚，没有掺杂任何世俗功利的目的，是一种真正意义上的对人类纯真情感的讴歌。

《郑风·野有蔓草》描写一对男女不期而遇的欢乐：原本是两个互不相识的人，只是因为气质和形象的吸引，自然地走到了一起。促成他们结合的因素是非常单纯而直接的，仅仅是对"美"的直接捕捉，如"清扬婉兮"摄人心魂的感觉。整首诗将对异性的渴望表现为对人性真谛的追求，在瓦解和打破一切世俗观念的同时，也使他们的"邂逅"化为了性灵的合一。

在这个意义上，《诗经》是中国文学史上唯一的一部褪去了脂粉与俗气的情爱文学圣典。作为上古先民真实情感生活的写照,《诗经》的爱情诗昭示后人,要摆脱"非人"的镣铐,回到人之所以为人的真实境界,就必须赢得主体精神的自由,而这也正是《诗经》这部古老经典的文化价值的根源所在。

蒹 葭

蒹葭苍苍[1]，白露为霜。
所谓伊人[2]，在水一方。

溯洄从之[3]，道阻且长。
溯游从之[4]，宛在水中央。

蒹葭凄凄[5]，白露未晞[6]。
所谓伊人，在水之湄[7]。

溯洄从之，道阻且跻[8]。
溯游从之，宛在水中坻[9]。

蒹葭采采[10]，白露未已[11]。
所谓伊人，在水之涘[12]。

溯洄从之，道阻且右[13]。
溯游从之，宛在水中沚[14]。

注释

[1] 蒹葭（jiān jiā）：芦苇。苍苍：茂盛的样子。

[2] 伊人：那个人。

[3] 溯洄：逆流而上。从：追寻。

[4] 溯游：顺流而下。

[5] 凄凄：同"萋萋"，茂盛的样子。

[6] 晞（xī）：干。

[7] 湄：水和草交接的地方，即岸边。

[8] 跻（jī）：登高。

[9] 坻（chí）：水中的小沙洲。

[10] 采采：茂盛的样子。

[11] 已：止，干。

[12] 涘（sì）：水边。

[13] 右：弯曲，迂回。

[14] 沚：水中稍大些的小沙洲。

译文

茂盛芦苇水边生,深秋白露结成霜。
我心思念那个人,就在河的那一边。

逆流而上去追寻,道路崎岖且漫长。
顺流而下去追寻,仿佛就在水中央。

茂盛芦苇水边生,太阳初升露未干。
我心思念那个人,就在河的那一边。

逆流而上去追寻,道路险峻难攀登。
顺流而下去追寻,仿佛就在沙洲间。

茂盛芦苇水边生,太阳初升露珠滴。
我心思念那个人,就在河水岸边立。

逆流而上去追寻,道路弯曲路难行。
顺流而下去追寻,仿佛就在沙洲边。

水边的爱慕与追求

秋天是一个能够使文人心旌摇荡、抒发丰富情感的季节。"悲哉秋之为气也,萧瑟兮,草木摇落而变衰""袅袅兮秋风,洞庭波兮木叶下",秋风、秋雨、秋叶,在这种萧瑟的秋意中,不知有多少情感化成了漫天飞舞的诗句。

一个深秋的清晨,薄雾笼罩着河上的一切,晶莹的露珠已经凝成了冰霜。一位男子为了自己心爱的人而上下求索,沿着溪流不畏艰难险阻,矢志不渝地追寻心中的"伊人"。

诗歌的第一章,男子隔水远望,"伊人"仿佛就在不远处若即若离。第二章和第三章则描写了男子追寻女子道路的漫长,和在路上遇到的艰险,从中表现出主人公不能走近"伊人",却又不愿放弃希望的心理。在艺术手法上,《蒹葭》使用了"兴"的手法,让用作起兴的事物与所要描绘的对象形成了一个完整的对照。

"蒹葭苍苍，白露为霜。"深秋的景色自然会使人平添一份无法割舍的幽暗与悲凉。在这样的季节里，独自走在河边，身旁已经没有了伊人的陪伴。不管怎样，多情总比无情好，只要心中有情，不放弃追求就是一种无尽的幸福。就像诗中这位影影绰绰的少女，一会儿出现在水边，一会儿又出现在水中的小沙洲上。岸边的石子、高高的芦苇阻挡了男子寻觅的脚步，使他因为寻找不到那位少女而感到神伤。但是不管"伊人"在水何方，无论"溯洄从之"还是"溯游从之"，男子都会心甘情愿地去寻找。这是一种可歌可泣的追求精神。潺潺的河水曲曲折折地穿过芦苇，一直消失在尽头。一阵微风掠过，高高的芦苇一层层地低下头，就像海上泛起的波浪。《诗经》开卷第一首诗《关雎》也有："关关雎鸠，在河之洲。窈窕淑女，君子好逑。"面对美好的伴侣，少年们敢于追求自己的爱情。这也正是《关雎》以及《蒹葭》所崇尚的一种对爱情的执着追求。

　　这首诗歌所描绘的是一幅优美又带有一丝感伤的图画。可以说整首诗都充满了浓浓的画意，正可谓"诗中有画"，韵味深长。

　　诗中重点突出的就是男子对少女的追随与寻找。可以说，拥有就是一种幸福，而追寻就是一种诗意。在我们的人生中，很多东西都是可遇而不可求的。我们不必执着于佳人在怀的唯一期待，因为我们大概会在"此情可待成追忆，只是当时已惘然"的忧伤里，在不经意间悟出爱情的真谛。

别有幽怀自缠绵

《诗经》中描写青年男女爱恋、感情的诗篇有很多，因此它们也成了《诗经》的一个亮点。在这些诗歌中，有的传达了一种温润委婉的爱恋，有的刻画出热烈执着的追求，有的表现了质朴大胆的爱慕，但是这首《蒹葭》却是《诗经》爱情诗中的一朵奇葩，因为它将以上种种的情爱都集中在了一种秋水白露般旷达静谧的相思之中，所以全诗所折射出的是一种极其特殊的美感！

《蒹葭》所表现出来的相思之情与其他描写青年男女爱情的诗相比，的确有其与众不同之处。例如，《关雎》中，男子对女子的思念的确十分真诚、炽烈，但是从"窈窕淑女，寤寐求之。求之不得，寤寐思服。悠哉悠哉，辗转反侧"中我们不难看出这份情感略显纷乱、焦灼。而在《蒹葭》中，诗人对少女的思念之情顺着小河的涓涓细流逐渐加深，显得平静却又含蓄，好像他的思念是秋水的一个部分，透着一种淡淡的哀伤和无奈。

诗人将这种看似风轻云淡的情感演绎得无比真挚，虽然它没有"琴瑟友之"的热情呼唤，却有恍然间看见伊人浮现于水上沙洲中内心的悸动；诗中没有"钟鼓乐之"的喧嚣，却有追求到底的决心，这种相思在静谧中显得十分深沉，且略带哀伤，从而使这份情感又平添了一份凝重的韵味。

这首《蒹葭》不仅传达出了一种如秋水、秋霜般美丽的思念，还通过这种哀而不伤的情感将诗歌的意境组织成一幅唯美的画面，给人以无尽的遐想。诗歌中反复写到了小河的曲折，并多次点出"伊人"恍然间出现的地点。这种朦胧、虚幻的画面使我们不禁生出许多疑问：诗中的河真的是诗人面前的小河呢，还是"伊人"所在的地方？或者是诗人的心河？"伊人"究竟在哪儿？真的在河对面吗，还是在诗人无法找到的地方？诗人在诗中三次看见这位"伊人""宛在水中央"，这也使读者产生了错觉，仿佛透过薄薄的秋雾看到了河中间的小洲上站着一位若隐若现、飘逸绝美的妙龄女子。这种想象将画面衬托得近乎完美，诗人的情感也就更加丰富、真实。

《蒹葭》是《诗经》中表现"朦胧美"的名篇，之所以这么说是因为诗人以独特的手法将我们带到了一个充满情思的缠绵水乡。让我们在似真又假的境界中流连忘返。"蒹葭""水"和"伊人"的形象交相辉映，浑然一体。水边芦苇丛生，又在天光水色的映衬之下，必然会呈现出一种迷茫的境界，这就从侧面显示出主人公心中那"朦胧之爱"的境界。诗中着力在写主人公的远望。他若有所思地站在水边，向对岸望去，心情随着幻觉中伊人的隐现而起伏。十分明显，主人公与那位姑娘并无交集，甚至都不知道她的名字，但只要能够远远地望见她，也就心满意足了。这种爱是"朦胧"的，它的动人之处也正在于"朦胧"和距离感。

很多时候，富有朦胧美的诗歌是断裂的、跳跃的。由于诗人运用了变形的创作手法，所以往往很含蓄，回味绵长，充满了梦幻。这不仅仅在《蒹葭》中得到了很好的体现，获得了很好的效果。而且，在此以后，朦胧诗也成了诗坛中独特的一员，散发出独特的魅力。

汉　广

南有乔木，不可休思[1]。
汉有游女[2]，不可求思。

汉之广矣，不可泳思。
江之永矣[3]，不可方思[4]。

翘翘错薪[5]，言刈其楚[6]。
之子于归，言秣其马[7]。

汉之广矣，不可泳思。
江之永矣，不可方思。

翘翘错薪，言刈其蒌[8]。
之子于归，言秣其驹。

汉之广矣，不可泳思。
江之永矣，不可方思。

注释

[1] 休：休息，在树下休息。思：语气助词，没有实义。

[2] 汉：指汉水。游女：在汉水中潜游的女子。

[3] 江：指长江。永：水流很长。

[4] 方：同"舫"，渡河的木排。这里指乘筏渡河。

[5] 翘翘：树枝高挺的样子。错薪：杂乱的柴草。

[6] 楚：灌木的名称，即荆条。

[7] 秣（mò）：喂马。

[8] 蒌（lóu）：水草名，即蒌蒿。

译文

南山乔木高又大，切勿树下歇阴凉。
汉江之上有游女，想去追求不可得。

汉江绵延宽又广，想要渡过不可能。
江水滔滔长又长，乘筏渡过不可能。

柴草丛丛长得高，用刀割取荆棘条。
姑娘有朝若嫁我，以此喂饱她的马。

汉江绵延宽又广，想要渡过不可能。
江水滔滔长又长，乘筏渡过不可能。

柴草丛丛长得高，用刀割取那蒌蒿。
姑娘有朝若嫁我，以此喂饱小马驹。

汉江绵延宽又广，想要渡过不可能。
江水滔滔长又长，乘筏渡过不可能。

只怕相逢在梦中

这是一首缠绵悱恻的恋情诗歌。年轻的樵夫钟爱着一位美丽的姑娘,却最终无法与她相依,眼睁睁地看着钟爱的姑娘嫁作他人妇。情思缠绕,无以为解,面对滔滔江水,他唱出了自己的心声,倾诉满怀的愁绪。

因为事实并不如人所愿,所以樵夫心中的渴望与追求,在遭受打击和破灭之时才显得真挚感人。虽然诗句中并未言明,但这位青年男子的一往情深,读者则得之言外。

《汉广》从樵夫的失落和无奈写起,第一章中的八句,有四处言之"不可",把爱情追求的幻灭感表达得淋漓尽致,无以复加。《诗经》中的诗文都习惯将首句作为起兴的句子。这首诗则反其道行之,将"汉有游女,不可求思"放在首章,如此求,"南有乔木,不可休思"便可看作是一种比拟,"汉之广矣,不可泳思""江之永矣,不可方思"就组成了一段气势如虹的博喻,点染出一派无限怅惘的氛围。曾经苦苦追恋，今时不堪回首。但心不死、情难断，樵夫将强烈的情感寄托于幻境之中："倘若有朝一日，'游女'来嫁我，定要先将马儿喂得饱饱的；倘若'游女'有朝一日来嫁我，定要让马儿将车儿拉。"然而幻觉毕竟是虚妄，一旦脱出虚幻的迷雾，便将跌入希望破灭的深渊。樵夫依旧痴情不改，对"汉广""江永"的反复吟咏，已是幻影破灭后的无限失落之感。

樵夫深爱的人即将嫁给他人，一切已然无法挽回，他明知单相思没有结果，便借助歌谣的方式唱出心中的失落与伤痛。这其中的情感波折耐人寻味。爱情总显示其自私的一面，并且常常是带功利性目的的。男子见到美貌女子常常会心动，而女子见到潇洒男子也会动情。由此便会想到占有，这便是情感自私的一面。如果再继续延伸，当得知自己所倾慕的对象将被别人据为己有时，便会心生妒忌，甚至做出蠢事来。

单恋的悲情固然令人怜惜，然而倘若换个角度看，将自己所心仪的异性当作审美对象，摒弃自私的心态与功利的目的，从欣赏的角度来对待事实，这也不失为明智之举。单恋的失落感和受折磨感，事实上是私心欲求遭到否定之后所表现出来的心理状态。对方无法为自己所有，自己的欲求得不到满足，心理上遭受挫折感，因而便以其他的方式来转移心中郁积的负面情绪。

在现实生活中，人人都有血有肉，在两性关系方面，很难摆脱失败恋情的阴影，这样也就难以用一种单纯的毫无私欲的审美态度对待对方了。两性之间，要么做情人、恋人、夫妻，要么就成为陌生人或仇敌。是私欲使坠入爱河之中的人变得自私与盲目。有谁愿意去培植开花结果无望的植物？人们耕耘就是为了收获。有人为耕耘之后毫无结果而哀伤，这完全值得同情。何况这一曲哀歌已经成为人们传唱至今的千古绝唱。

　　它由男女之爱播种而生，却又超越男女之爱。

寸寸相思入愁肠

相思是一个永恒的情感话题。相思是美丽而伤感的回忆与憧憬，是深入灵魂的牵挂和怀念，是日夜的企盼和希冀。

在古诗词中，传达相思之情最具表现力的要算"芳草"这一意象了。芳草，自古就是"忠贞不渝"的象征，如屈原名篇《离骚》中的"香草美人"——"畦留夷与揭车兮，杂杜衡与芳芷""朝饮木兰之坠露兮，夕餐秋菊之落英"以及"芰荷、芙蓉、木根、薜荔"等，皆婀娜芳香，是君子的象征。芳草生命力旺盛，每到春来便野蛮生长，细密繁茂，青绿满地，因而也常用来寓意佳人离恨的无穷无尽。可谓意象万千，自然生动。

飘逸的柳絮因其荡漾着的柔情蜜意而与相思为伴。"春思春愁一万枝""人言柳叶似愁眉，更有愁肠似柳丝""青青一树伤心色""魂断千条与万条"等，枝条垂曼，似妇伏泣，更令人回肠百转、触景生情。柳同"留"谐音，寓意离别之情，古有折柳赠别之风，唐时折柳赠别多在朋友之间，但发展到后来，尤其到了宋代，柳就变成了词人口中表现相思之情的象征物。其中最为有名的佳句，如柳永的《雨霖铃》中表现情人分离场面的词句："执手相看泪眼，竟无与凝噎"；烟波浩渺，感叹"多情自古伤别离"；后又借酒浇愁，"今宵酒醒何处，杨柳岸，晓风残月"。何等凄清，何等惆怅！

琴瑟作为相思意象出现于诗词中的历史应属最长的。《诗经》首篇就是"窈窕淑女，琴瑟友之"。青年男子弹琴拨瑟来到淑女身旁，以琴音来传递自己的思慕与爱恋。

人们常用美酒来一醉解千愁，但醒后却往往更容易感到现实的无望与愁苦，眼前只看到"枝枝叶叶离情"的悲戚与"晓风残月"的孤独。因而，"借酒消愁愁更愁"，在片刻的销魂之后，依旧是满腹惆怅，无限相思。

流水绵延不绝，有如"剪不断，理还乱"的愁绪，因而也被赋予相思的色彩。饱尝相思之苦的两人总是隔水相望："过尽千帆皆不是，斜晖脉脉水悠悠。"又如李清照所作的"惟有楼前流水，应念我、终日凝眸。凝眸处，从今又添，一段新愁"，两眼痴望着楼前的无情流水，想到"花自飘零水自流"的易逝青春，怎能不临水长叹，无端又添一段新愁呢？

第二辑

美人颂

硕 人

硕人其颀[1],衣锦褧衣[2]。
齐侯之子,卫侯之妻。
东宫之妹[3],邢侯之姨,
谭公维私[4]。

手如柔荑[5],肤如凝脂。
领如蝤蛴[6],齿如瓠犀[7]。
螓首蛾眉[8],巧笑倩兮[9],
美目盼兮[10]。

硕人敖敖[11],说于农郊[12]。
四牡有骄[13],朱幩镳镳[14]。
翟茀以朝[15],大夫夙退,
无使君劳。

河水洋洋[16],北流活活[17]。
施罛濊濊[18],鱣鲔发发[19]。
葭菼揭揭[20],庶姜孽孽[21],
庶士有朅[22]。

注释

[1] 硕人：美人，这里指庄姜。硕，高大。先秦以高大为美，故"硕人"即为"美人"。颀（qí）：身材修长的样子。

[2] 褧（jiǒng）：麻布制的罩衣，用来遮灰尘。

[3] 东宫：指齐国太子得臣。

[4] 私：姊妹的丈夫。

[5] 荑（tí）：初生白茅的嫩芽。

[6] 领：脖子。蝤蛴（qiú qí）：天牛的幼虫，身体长而白。

[7] 瓠（hù）犀：葫芦籽，洁白整齐。

[8] 螓（qín）：蝉类，头宽广方正，用以形容女子额头饱满。蛾：蚕蛾，触须细长而弯曲，用以形容女子美丽的眉毛。

[9] 倩：笑时脸颊现出酒窝的样子。

[10] 盼：眼珠流转的样子。

[11] 敖敖：身材高大的样子。

[12] 说：同"税"，停车休息。农郊：近郊。

[13] 牡：雄，这里指雄马。骄：指马身体雄壮。

[14] 朱：红色。幩（fén）：马嚼铁外挂的绸子。镳镳（biāo）：盛美貌。

[15] 翟茀（dí fú）：装饰有野鸡毛，铺在马车外侧用于遮挡的竹席。

[16] 洋洋：河水盛大的样子。

[17] 北流：北流入海的黄河。活活（guō）：水奔流的样子。

[18] 施：设，放下。罛（gū）：大渔网。濊濊（huò）：撒网入水的声音。

[19] 鳣（zhān）：大鲤鱼，也有人说是黄鱼。鲔（wěi）：鳝鱼。发发（bō）：鱼尾游动的声音，形容鱼多的样子。

[20] 葭（tǎn）：初生的荻。揭揭：长长的样子。

[21] 庶姜：众姜，指随嫁的姜姓女子。孽孽：衣饰华丽的样子。

[22] 庶士：这里指陪嫁的媵臣。有朅（qiè）：即朅朅，威武的样子。

译文

美人淑女身修长,锦衣上面罩披风。
齐侯女儿体娇贵,嫁给卫侯到吾乡。
她和太子是兄妹,邢侯叫她小姨妹,
谭公是她亲姐夫。

双手柔嫩如春荑,娇肤宛若是凝脂。
粉颈细嫩如蝤蛴,玉齿宛如葫芦籽。
方正额头细蛾眉,浅笑双颊生酒窝,
秋波荡漾情意浓。

美人身长又健美,停车驻马在城郊。
四匹雄马真雄壮,马辔两边红绸飘。
鸟羽饰车来上朝,大夫也该早退朝,
勿让国君太操劳。

黄河之水声浩荡,奔流向北不复还。
撒开渔网来捕鱼,鲤鱼鳣鱼争相跳。
芦荻挺拔又健壮,随嫁女子服饰美,
媵臣高大又威武。

绝唱颂千古佳人

庄姜夫人美丽绝伦,身份高贵,一句"东宫之妹",点明了庄姜与太子是一母所生,都是王后的亲生骨肉。有人说,美丽的庄姜夫人在嫁给卫庄公之后,就遭到了卫庄公的冷落,一直没能有子嗣,卫人同情她,就为她作了此诗。

阅罢此诗,展现在我们面前的简直就是一幅妙绝千古的"美人图",而留给人们最鲜活印象的,无疑是"巧笑倩兮,美目盼兮"的动人画面。

在第一章中,诗歌主要向人们介绍了她的出身,她的父兄、夫婿、兄弟、母亲以及其他亲戚,都是当时各诸侯国有头有脸的大人物,所以我们就知道了,她是一位出身很高的贵夫人。第三、四章主要描写了婚礼的场面,特别是在第四章的七句中,竟然连用了六个叠字,将婚礼场面的盛大与隆重描写得细致入微,而诗人的本意,则是要通过对庄姜尊贵的出身、隆重的婚礼场面以及壮美的自然景观的描写，或明或暗、或直接或间接地描绘出庄姜夫人无与伦比的气度。

而在第二章中，诗人细致入微地为我们刻画出了一幅精美绝伦的女子肖像图——从柔嫩的纤纤玉手，白皙光洁的肌肤，修长美丽的脖颈，整齐洁白的牙齿，到饱满的额头和黑亮的细眉，真是一个人间尤物啊！但即使这样，这些如工笔画般细致的描绘，究其艺术效果，显然比不上最后一句的"巧笑倩兮，美目盼兮"那般有意境。

孙联奎在他的《诗品臆说》中也发表了这样的观点，并且进一步道出原因所在："《卫风》之咏硕人也，曰'手如柔荑'云云，犹是以物比物，未见其神。至曰'巧笑倩兮，美目盼兮'，则传神写照，正在阿堵，直把个绝世美人，活活地请出来，在书本上滉漾。千载而下，犹亲见其笑貌。"在他看来，"手如柔荑"这类的描写，只是刻画出美人的"形"，而"巧笑倩兮，美目盼兮"虽然只是区区八个字，却能够准确生动地传达出美人的"神"。

"手如柔荑"等句的描写停留在静态当中，而"巧笑倩兮，美目盼兮"则是一种动态的描写。在我们传统的审美观念中，"神"总是高于"形"的，而"动"也是优于"静"的。当然，对于形和静态的描写也是必不可少的，它们可以看作是神与动态之美的基础。如果没有这些基础的存在，那么再怎样搔首弄姿也只会被当成是东施效颦。我们要追求的是更富生命力的神韵之美和动态之美。形美可以达到让人赏心悦目的效果，而神美则可以让一个人为之心动不已。静态的形美，犹如一朵纸花，看起来毫无生机；而动态的神美则可以使一切变得鲜活、灵动，会让人产生身临其境的感觉，所描绘的事物顿时跃然纸上，似乎从纸中走进了我们的心里，震撼着我们的灵魂。在我们的现实生活中，一位天生丽质的美人固然能够留给你深刻的印象，但那看似漫不经心的回眸一笑或者是含情一瞥却更令你难以忘怀。

在本诗中，"倩""盼"二字是极富表现力的。古人将"倩"字解释为"好口辅"，"盼"字为"动目也"。其中，"口辅"是嘴角两边的意思，"动目"则是指眼珠的流转。现在，我们完全可以凭借自己丰富的想象力，想象出那醉人的笑靥和含情脉脉的双眸。虽然过去了几千年，然而当我们读到诗中"巧笑倩兮，美目盼兮"这两句的时候，仍然能够激活心中对美的渴望与想象。

古风不闻玲珑意

女性之美的标准在各个时代都有所不同,对它的认识可以说是一个不断变化的过程。

翻开《红楼梦》,满眼都是水一般的女子,我见犹怜。透过张爱玲的文字,看到她从异性的角度赏颜观色,但赏的是娇花照水之颜,观的是弱柳扶风之色。似乎世人的审美观念皆是如此。但是,《诗经》中的《硕人》一诗,却为我们揭示了古人特有的审美观念,由此我们才知道,原来我们的祖先也曾以健硕为美。

诗中的"硕人"指的是庄姜,她是卫庄公的夫人。根据诗中描写,这位夫人面容清秀,肤如凝脂,明眸皓齿,身形欣长。她"巧笑倩兮,美目盼兮",端庄优雅,仪态万千。这种美是一种自然流露的美,一种健康的美。这种美,是中国古代早期对女性审美诉求的集中体现。而这种诉求源于蛮荒时期人类对女性的生育崇拜,这实际上也是一种对生命的崇拜。

当人类社会发展到更高阶段，可以不单单凭借繁衍来维系种族的时候，这种对女性的崇拜逐渐演变成一种真正的审美观念。随着生存条件的改善，人类开始一步步地摆脱生殖崇拜。在女性审美观念的建立过程中，一些夹杂着浓郁的社会性、阶级性的审美理念被带入其中。在儒家思想的强烈倡导之下，"重德轻色"俨然已经成为一项重要的审美准则，一名女子可以相貌平平，但绝不能够违背"三从四德"。

中国历史上，曾出现过一些绝世的美女，她们的名字可谓家喻户晓，除了拥有惊人的姿色之外，她们还拥有着高贵的品德。比如我们熟知的美人王昭君、柳如是等，她们的外在美也许都已被模糊了记忆，但她们的内在美却使我们感觉到扑面而来的魅力。或许她们的容貌并非是华夏民族中最漂亮的，但她们的高贵的精神却被传颂至今。

可以说，一个民族健康的审美观可以体现出这个民族的前进动力。这种动力如引擎一般，不断牵引着我们奔向新的文明高度。在今天，全世界的女性审美观似乎日趋统一。人们越来越崇尚以健康为美，以自然和谐为美，这种统一充分体现了人们对生命的热爱和敬畏。

月　出

月出皎兮[1]，佼人僚兮[2]。
舒窈纠兮[3]，劳心悄兮[4]。

月出皓兮[5]，佼人懰兮[6]。
舒忧受兮[7]，劳心慅兮[8]。

月出照兮，佼人燎兮[9]。
舒夭绍兮[10]，劳心惨兮[11]。

注释

[1] 皎：洁白明亮。

[2] 佼人：美人。僚：美好的样子。

[3] 窈纠（yǎo jiǎo）：形容女子体态苗条的样子。

[4] 劳：忧。悄：忧愁的样子。

[5] 皓：洁白。

[6] 懰（liú）：姣好的样子。

[7] 忧（yōu）受：形容女子走路徐迟的样子。

[8] 慅（cǎo）：忧愁的样子。

[9] 燎：美好。

[10] 夭绍：女子体态轻盈的样子。

[11] 惨：忧愁烦躁的样子。

译文

月亮出来多明亮,美人仪容真美丽。
身姿曼妙步轻盈,让我思念又烦忧。

月亮出来多皎洁,美人仪容真姣好。
身姿曼妙步舒缓,让我思念又忧愁。

月亮出来光普照,美人仪容真美好。
身姿曼妙步优美,让我思念又烦躁。

明月皎皎映伊人

这首诗为我们展现了一幅月上柳梢头，惊艳月光下的古典浪漫画卷。

古典的浪漫总是特别的。月光温柔如水，树枝在风中轻轻摇曳，空气中散发着微微凉意，静谧的大地，偶尔响起阵阵虫鸣声，这是一种如此特别的景致；身影若隐若现，光线忽明忽暗，似雾里看花一般，这是一种如此特别的情境。意中人总是欲前不前，暗自撩动着心弦，不由得勾起阵阵忧伤。此情此景使人不能自已。

《月出》的意境是那样地迷离。诗人看到缓缓升起的明月，便开始思念他的情人。月儿孤孤单单悬挂在无边的夜空中，不免让人产生诸多遐想。也许，因为它总是独自在夜空中普照着万物，世间的一切都被它的光辉所笼罩，披上了一层神秘的面纱，所以，许多月下怀人的诗句，总能给人以迷离旷远的感觉。诗人的情人，此时，也许近在咫尺，这朦胧的月光，却似乎又将他们隔离开来，离得很远很远。诗人怀想着情人姣美的面容，她此刻独自在月下踟蹰的倩影，画面如幻似梦、扑朔迷离。

《月出》的情调是那样地惆怅。全诗分为三章，可以看出，各章前三句都是诗人的一种对情人的设想，而每章末句，则直抒胸臆，表达出诗人的思念之情。这份忧思与惆怅，都是在前三句的基础上产生的，都是由"佼人"月下倩影而引发的，充满了无限惆怅与无奈。其实，这种惆怅之情也蕴含在前三句中：在这个静谧的月夜，"佼人"却为何要独自在月下踟蹰？任凭夜风拂面，任凭夜露沾衣？难道她也在苦苦思念自己？

《月出》的语言是那样地缠绵。每一句都以感叹词"兮"字结尾，这在《诗经》的其他诗中并不常见。"兮"字，听起来那样地柔婉、平和，诗人的连续运用，正是在与无边的月色和无尽的思念相呼应，顿时让人有一唱三叹的感觉，真是回味无穷！此外，诗人用"皎""皓""照"来形容月色，用"僚""懰""燎"来形容美貌，用"窈纠""忧受""夭绍"来形容姿态，用"悄""慅""惨"来形容心情，可谓是一韵到底，使整首诗读起来和谐而优美。其中的"窈纠""忧受""夭绍"都是叠韵词，更能凸显出诗中情感的缠绵和婉约。

寄情明月常有时

当我们遥望天上那轮明月时，不禁感叹有多少古今中外的文人墨客曾吟咏过它。古人最喜欢用"月"来抒发自己的情感。他们将丰富的情思都寄予在明月上，因此也就写出了大量美妙绝伦、荡气回肠的佳作。

"日中则移，月满则亏，物盛则衰"（《战国策·秦策》）；"照之有余辉，揽之不盈手"（晋·陆机《拟明月何皎皎》）；"小时不识月，呼作白玉盘"（李白《古朗月行》）；"举杯邀明月，对影成三人"（李白《月下独酌》）；"人攀明月不可得，月行却与人相随""今人不见古时月，今月曾经照古人"（李白《把酒问月》）；"掬水月在手，弄花香满衣"（唐·于良史《春山夜月》）；"月儿弯弯照九州，几家欢乐几家愁"（宋·吾歌《京本通俗小说》）；"人逢喜事精神爽，月到中秋分外明"（明·冯梦龙《古今小说》）；"明月装饰了你的窗子，你装饰了别人的梦"（卞之琳

《断章》)。这些诗人掬月入诗,借月寄思念,借月抒愁苦;或是表现良辰,描绘美景;或借此捧送才子,献给佳人;或邀月寄朋友,借月寄君王等。可谓是月悠悠,情亦悠悠。

借明月抒发情感的诗种类繁多。第一种,借明月表达思念的幽情。"但愿人长久,千里共婵娟"(苏轼《水调歌头》),苏轼在词中抒发了对弟弟苏辙的思念之情。"举头望明月,低头思故乡"(李白《静夜思》),这句诗所表达的是李白思乡的悠悠之情。

第二种,托明月道出眼下的愁苦凄清。"明月何皎皎,照我罗床帏"(《古诗十九首》之一),这是游子的离愁。"缺月昏昏漏未央,一灯明灭照秋床"(王安石《葛溪驿》),这是一种淡淡的思乡之哀愁。

第三种,以明月引出男女恋歌。"明月在云间,迢迢不可得"(南朝宋·谢灵运《东阳溪中赠答二首》),"明月"代指美丽的女子,此句活脱脱地道出了男子爱而不得的焦灼心情。"美人迈兮音尘阙,隔千里兮共明月"(南朝宋·谢庄《月赋》),有情人虽然身在两地,却因明月而心有灵犀。一轮明月,不知惹出了多少男欢女爱、似水柔情,难怪民间有将撮合男女婚事的媒人称为"月下老人"一说。

第四,表现旷远、豁达之心境的邀明月的诗句也是不胜枚举。例如"野旷沙岸净,天高秋月明"(谢灵运《初去郡》),诗人借月抒发了自己宁静、愉悦的心情。因为此时谢灵运去官还家获得了解脱,故心情愉快。"星垂平野阔,月涌大江流"(杜甫

《旅夜书怀》），诗人描写星辰撑开了夜的帷幔，波光织出了金色的屏风，在这种阔远的境界中，更衬托出自己旷达的胸怀。

第五，沙场、朝廷等意象也常入"明月"之诗，用于表达对国事的忧思。"璧月琼枝不复论，秦淮半已掠荒榛"（宋·张耒《怀金陵》），这首诗借古讽今，以陈朝的"璧月"典故暗指北宋统治者不问国事、夜夜笙歌的行为，控诉了朝廷的荒淫误国，读来令人后背发冷，阵阵心寒。

第六，在表现良辰美景时，诗人也多用明月。"明月松间照，清泉石上流"（王维《山居秋暝》），松间浮动着纤纤的月波，清泉在山涧幽鸣歌唱。秋天本来是一个寂寥的季节，惹得古今无数诗人作诗"悲秋"，王维在此引入"明月"，反而赋予秋夜清丽可爱的面目，烘托出一种澄明静美的氛围。

我国古代的咏月诗简直是世界之最。"明月"有阴、晴、圆、缺等不同的变化形式，引发诗人盎然的诗兴，从而也就让今天的人们能够在他们唯美的诗词中，感受他们的感情思想和生活意趣。

第三辑

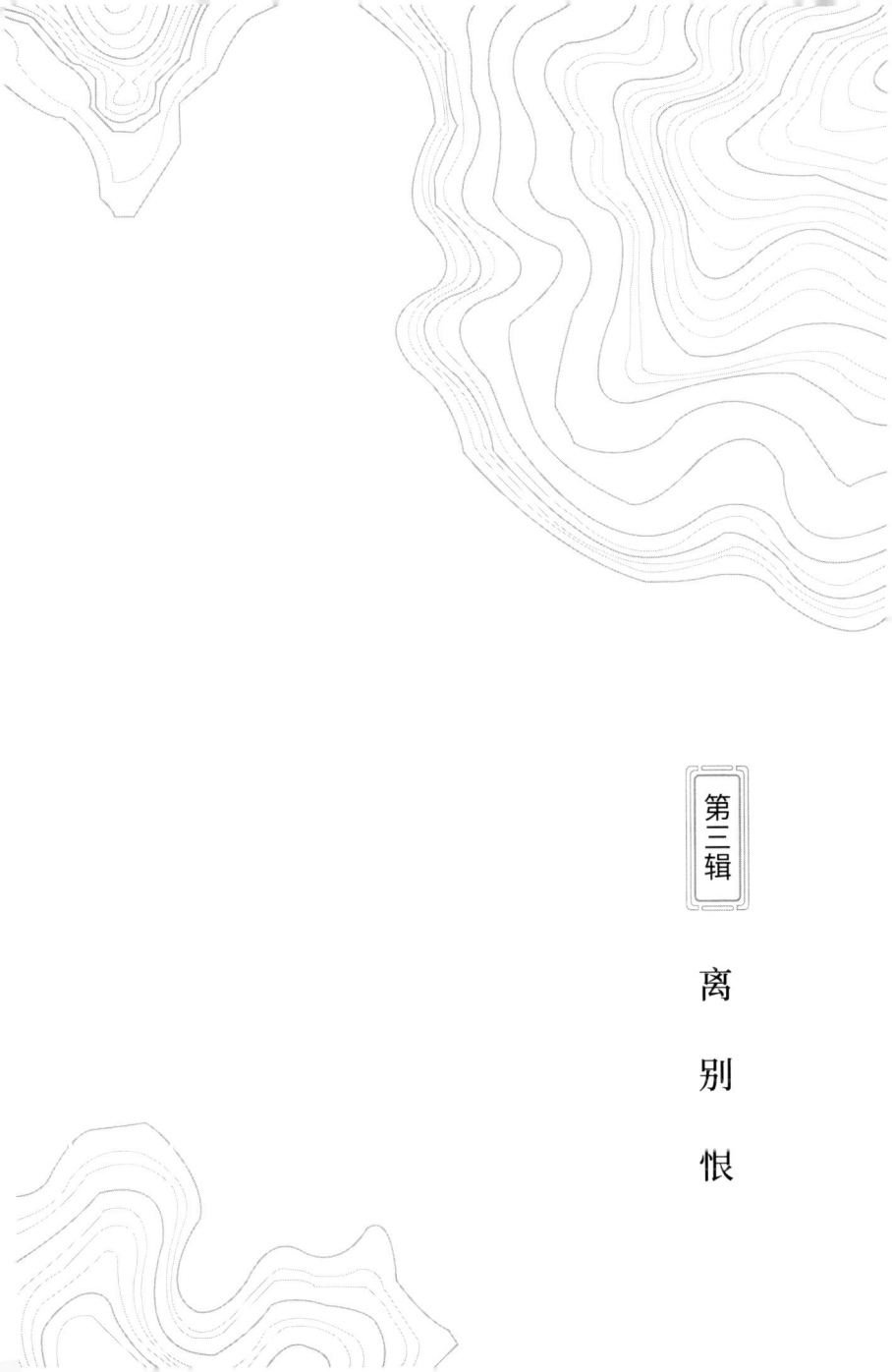

离别恨

燕　燕

燕燕于飞[1]，差池其羽[2]。
之子于归，远送于野。
瞻望弗及，泣涕如雨！

燕燕于飞，颉之颃之[3]。
之子于归，远于将之。
瞻望弗及，伫立以泣。

燕燕于飞，下上其音。
之子于归，远送于南。
瞻望弗及，实劳我心。

仲氏任只[4]，其心塞渊[5]。
终温且惠[6]，淑慎其身。
先君之思，以勖寡人[7]。

注释

[1] 燕燕：一对燕子。

[2] 差（cī）池：参差，长短不齐的样子。

[3] 颉（xié）：鸟向上飞。颃（háng）：鸟向下飞。

[4] 仲：排行第二。氏：姓氏。任：德行美好，忠于友道。只：语气助词，没有实义。

[5] 塞：秉性诚实。渊：心思深远。

[6] 终：究竟，毕竟。

[7] 勖（xù）：勉励。

译文

燕子燕子飞啊飞,上下翻飞树林中。
姑娘即将出嫁了,远送姑娘到郊外。
远望不见姑娘影,泪如雨下流满面!

燕子燕子飞啊飞,上下翻飞来回转。
姑娘就要出嫁了,望着姑娘道别离。
遥望不见姑娘影,久久站立泪涟涟!

燕子燕子飞呀飞,上上下下呢喃声。
姑娘就要出嫁了,姑娘就要到南边。
遥望不见姑娘影,心中伤悲肝肠断!

仲氏诚实重情义,敦厚诚实志深远。
性情温柔又和善,知理谨慎重修身。
不忘先君常思念,勉励寡人心忠诚!

人生自古伤离别

充满诗意的离别是最能打动人心的。一步三回头,牵衣泪满襟,肝肠寸断;捶胸而叹,伫立风中,心中怅然。这种情绪是语言所无法描述和传达的,因为语言的表现力实在是太有限了。一个细微的形体动作,一个充满惆怅的眼神,默默无声的泪水,都是复杂微妙的内心世界的直接表达。

我们的祖先赋予了离别特殊的意味。有"多情自古伤离别"的缠绵悱恻,有"风萧萧兮易水寒,壮士一去兮不复还"的悲壮,也有"桃花潭水深千尺,不及汪伦送我情"的深挚……在离别中,人们将深藏于内心的真情升华、外化,将过往的悔恨与内疚镌刻进了骨髓,将留恋感怀化作了长久的伫立和无言的泪水,将庸俗与卑琐转化为高尚和圣洁。

《燕燕》共分四章,前三章重在渲染惜别的情境,而后一章则是深情地回忆远行人的种种美好德行。抒情深婉而寓意深重,诗人的敬意也跃然纸上。吟诵诗章，体会诗意，依依惜别，情深意长，实在是感人肺腑，情意绵绵。

诗的前三章以描写飞燕起兴，"燕燕于飞，差池其羽""颉之颃之""下上其音"。阳春三月，群燕起舞，上下蹁跹，呢喃鸣唱。然而，诗人的用意并不仅仅是为人们描绘一幅"春燕试飞图"，而是以燕燕双飞的自由欢畅，来反衬同胞骨肉分别时的愁苦与哀伤。这就是朱熹所谓的"譬如画工"和"写出精神"。

一番景物描画之后，诗人点明了正题："之子于归，远送于野。"妹妹马上要远嫁，同胞骨肉今日即将分离，所谓"别时容易见时难"，此情此景，依依难舍。"远于将之""远送于南"，送了一程又一程，离情随着路程的加长也越来越浓。

然而，送君千里，总有一别。远嫁的妹妹最终还是要离去，饱含深情的兄长仍依依难舍。于是就出现了最感人的场景："瞻望弗及，泣涕如雨""伫立以泣""实劳我心"。先是登高眺望，虽然车马已经看不见了，但是车马扬起的尘土却仍然可以看到；车马渐行渐远，再次眺望远处，却什么也看不到了，只能伫立在那里伤心流泪。

诗的前三章循序渐进，不断重复表达着深深的情意，将欢乐的场景与悲伤的情绪相对比，产生强烈的反差；从而把送别的情境和惜别的气氛，表现得深婉沉痛，令人不忍卒读。

为何兄长对妹妹如此依依不舍呢？原来妹妹非同一般，她是一个虑事周全、目光长远的人，而且性情温和而恭顺，为人谨慎、心地善良，是自己治国安邦的好帮手。这一章盛赞公主的品行，体现了上古先民对女性美德的极高评价。诗人先概括描述，然后再写人物的语言，静中有动，形象鲜活。而整首诗在谋篇布局上也可谓是独具匠心，前三章是以虚笔来渲染惜别的气氛，而最后一章则是以实笔来刻画被送的对象，采用了同《采蘋》相类似的倒装手法。

在《燕燕》之后，"瞻望弗及"和"伫立以泣"便成了表现惜别情境的原型意象，反复出现在历代的送别诗中。"伫立以泣"的"泪"，成了别离主题赖以生发的意象。谢翱在《秋社寄山中故人》诗中的"燕子来时人送客，不堪离别泪沾衣"，可谓是对《燕燕》诗境最恰当的概括。

由此可见，《燕燕》一诗确为万古送别诗之祖。

相见时难别亦难

朋友相得，促膝而交；家人相亲，天伦尽享；情人相悦，款洽备至。这些都是至情至性之人所追求的至情至爱的境界。但是人事有浮沉，人生多乖违，往往是聚散无常。因此苏轼在《水调歌头》这首词中发出了"人有悲欢离合，月有阴晴圆缺，此事古难全"的感慨。而且古代的交通非常不方便，一朝分离，不知何日才能再相见，就连通信也不是一件容易的事情。汉代的五言诗（旧题《苏子卿诗》四首）中的第四首中说："良友远离别，各在天一方。山海隔中州，相去悠且长。嘉会难再遇，欢乐殊未央。"相见欢聚难以如愿，悲离之情也就油然而生，别离也就成为人生不得圆满的一大遗憾。江淹的《别赋》中写道："黯然销魂者，唯别而已矣。"

对于天性敏感的诗人来说，别离则更易伤情。他们触之于怀，发而为诗，以其空灵澄澈的诗意和独特的人生体验，加以艺术的表现，总能道出常人所不能言的种种离情别绪，所以也就更加能够达到撼人心魄的效果。何逊的《临行与故游夜别》："历稔共追随，一旦辞群匹。复如东注水，未有西归日。夜雨滴空阶，晓灯暗离室。相悲各罢酒，何时同促膝？"诗人非常注重情景的渲染和细节的表现，以此来烘托微妙的离情别绪。到了唐代，送别诗呈现出空前繁荣的景象；而在宋代，词对离情的表现力则比诗歌更胜一筹，因此送别词也就蔚为大观了。

送别诗可以分为送别和留别两大类。

送别诗占大多数，留别诗的数量则相对较少，但是这其中也不乏有一些佳作。何逊的《相送》中有这样的诗句："客心已百念，孤游重千里。江暗雨欲来，浪白风初起。"就是留赠送行者的诗，表现了诗人的惆怅情绪和江上风雨欲来的景色。李白的《赠汪伦》中："李白乘舟将欲行，忽闻岸上踏歌声。桃花潭水深千尺，不及汪伦送我情。"诗人即将远行，友人踏歌相送，两人之间情真意挚。虽然没有感激之辞，深情却蕴含其中。

送别诗词大多充满了哀伤和愁怨，情意缠绵悱恻，常常传达出惜别和恨别的感伤。白居易《赋得古原草送别》中的"萋萋满别情"，所表达的惜别之意，溢于言表。刘长卿的《送李穆归淮南》："淮水问君来早晚，老人偏畏过芳菲。"诗人问友人何时从淮南归来，因为虽有大好春光，却无人共赏，反怕过芳菲时节。离别之情极为缠绵。柳永的《采莲令》："岂知离绪，万般方寸，但饮恨，脉脉同谁语？"李清照的《凤凰台上忆吹箫》："生怕离怀别苦，多少事、欲说还休……休休！这回去也，千万遍阳关，也则难留。念武陵人远，烟锁秦楼。惟有楼前流水，应念我、终日凝眸。凝眸处，从今又添，一段新愁。"这些诗词可谓是表现别愁的极致之作，痛断肝肠，幽怨悱恻，让人不忍卒读！

当然，离别之时也并非都是伤心和愁怨，因此离别诗词中也会包含明朗和乐观的胸怀。诗人常常会以豪言壮语慰别即将远行的人，这样的诗表现出了诗人开阔的胸襟，并且饱含人生的哲理和启示。王勃《送杜少府之任蜀州》的最后四句："海内存知己，天涯若比邻。无为在歧路，儿女共沾巾。"诗人化用了曹植《赠白马王彪》中的诗句："丈夫志四海，万里犹比邻。""忧思成疾疢，无乃儿女仁。"曹植诗中语言虽然豪迈，却难以掩饰内心的悲愤和沉痛。而王勃的诗句虽然是为了宽慰友人，但是也表现出了诗人积极乐观的人生态度，能够豁达且坦然地面对离别，正是由于两情相通，即使远隔天涯，也犹如比邻而居，真挚的友情自然能够经历时间和空间的考验，正反映出了唐朝前期，社会不断上升发展的时代精神。李白《渡荆门送别》："仍怜故乡水，万里送行舟。"水在诗人的笔下被人格化了，写出了无限的爱意，自然也就有了一种畅游于山水之间的飘逸和潇洒。

还有的作品是词人借离别抒怀。比如辛弃疾的《贺新郎·别茂嘉十二弟》：

绿树听鹈鴂，更那堪、鹧鸪声住，杜鹃声切。啼到春归无寻处，苦恨芳菲都歇。算未抵、人间离别。马上琵琶关塞黑，更长门、翠辇辞金阙。看燕燕，送归妾。

将军百战身名裂，向河梁、回头万里，故人长绝。易水萧萧西风冷，满座衣冠似雪。正壮士、悲歌未彻。啼鸟还知如许恨，料不啼清泪长啼血。谁共我，醉明月？

在这首词中，词人落笔的重点并不是送行一事，而是古今别离典故的罗列。一般而言，词的写作分上下两片，上片写景，下片抒情，而这首《贺新郎》打破惯例，连珠炮一般列出典故。上片首句先列三悲鸟：鹈鴂、鹧鸪和杜鹃；又列三离妇：王昭君、陈皇后和庄姜。下片又列李陵与荆轲去国怀乡的千古恨事，直至结尾才点出送别一事，实属词人平日里郁结诸般苦闷于怀，终于在为茂嘉送行之时，情绪达到顶峰。实在忍无可忍，势要一吐为快，因而作词也全不按寻常章法，发泄式地连连用典。全词因此笼罩在一种无法挣脱的宿命感中，词人痛苦至极的精神状态、沉郁悲愤的失意心怀表现得淋漓尽致，远远超出了一般送别词的情感表达阈值。

唐代王昌龄的《芙蓉楼送辛渐》"洛阳亲友如相问，一片冰心在玉壶"化用鲍照的《白头吟》"清如玉壶冰"的诗句，托朋友告慰亲友，表明自己虽然被贬，但是心地是非常澄明的，如同玉壶的冰一样纯洁。诗人借送别来表明自己的心迹，貌似洒脱，其实却难以掩饰对于宦海沉浮的喟叹。唐代陆畅的《送李山人归山》:"来从千山万山里,归向千山万山去。山中白云千万重,却望人间不知处。"整首诗呈现出一种空灵的禅境,诗人以超旷的心怀看待世间的一切,好似不食人间烟火一般,表现出一种空明澄澈的人生态度。

汝　坟

遵彼汝坟[1]，伐其条枚[2]。
未见君子，惄如调饥[3]。

遵彼汝坟，伐其条肄[4]。
既见君子，不我遐弃[5]。

鲂鱼赪尾[6]，王室如毁[7]。
虽然如毁，父母孔迩[8]。

注释

[1] 遵：循，沿着。汝：水名，即汝水，淮河的支流。坟：堤岸。

[2] 条枚：树枝叫条，树干叫枚，条枚就是枝干。

[3] 惄（nì）：忧愁。调：早晨。

[4] 肄（yì）：树枝砍后新生的小枝。

[5] 遐弃：远离。

[6] 鲂（fáng）鱼：鱼名，就是鳊鱼。赪（chēng）尾：浅红色的尾巴。

[7] 毁：焚烧。

[8] 孔：很。迩：近。

译文

沿着汝河堤岸走,用刀砍下树枝干。
久未见到心上人,如饥似渴受煎熬。

沿着汝河堤岸走,用刀砍下细树枝。
已经见到心上人,千万别把我远离。

鲂鱼尾巴红又红,王室差遣如火焚。
虽然差遣如火焚,父母近在需供奉。

风中聚散人事休

在汝河岸堤边,一位悲凄的女子手中执斧,正在砍伐山楸的枝杈。像伐木作薪这种体力劳动,本该是男人们做的事情,而现在却由操持家务的妻子承担了。此女子的丈夫究竟去了哪里?竟这般狠心让妻子执斧劳顿!接下来的"未见君子,惄如调饥",即隐约道出了其中的原因:原来,丈夫久役未归,维持生活的重担,自然要落到妻子柔弱的肩头。"惄"即忧愁之意。满腹的忧愁用"调饥"作比,而此中滋味也只有饱受饥馑之苦的人们,才深有体会。此时,这蹒跚于"汝坟"的妻子,又在忍受着饥饿来此间砍柴了。秋风阵阵,堤岸上传来一声声"未见君子,惄如调饥"的怆然叹息时,怎能不令人感到一阵酸楚?对于丈夫在外远役的妻子来说,精神上最强大的支柱,莫过于丈夫早日平安归来。

秋去春来,岁月在无尽地延伸,当守望就快化为绝望时,却意外地发现"君子"归来的身影,怎能不令人惊喜?这刹那的希望如镜花水月，妻子想拼命抓住，绝不放手。"既见君子，不我遐弃"，这两句便道出了妻子悲喜交加的复杂心境："远征他方的夫君终于归来了，他终是思我、念我，未曾舍下我啊！"妻子从悲郁中醒转，沉浸于欣慰与喜悦当中，然而这来之不易的相聚是否只是一次短暂的重逢："久役才归的丈夫会不会又将远行，而将我独自一人抛在家中？"这顾虑与担忧，不免为相聚的喜悦罩上一层淡淡的阴影："无论如何，这回是绝不能让你离去了，你如何忍心再次离开我呢？"这又是一次在喜悦与犹疑的交叠中所发出的深情挽留。

妻子的疑虑终成现实，踌躇难决的丈夫迫不得已向妻子说出了再次弃家远征他方的事实："犹如还未恢复精力的鳊鱼又将曳着赤尾远游，在国家危急的时刻，大丈夫又怎能袖手旁观、顾妻恋家？"如此生动的比喻，将丈夫远役的现实衬托得极为紧迫，这一切将那还沉浸于欣喜之中的妻子，重又推回到绝望的边缘。无奈之下，在绝望边缘苦苦挣扎的妻子仍不放弃最后一丝希望："虽则如毁，父母孔迩！"这便是她万般无奈中向丈夫发出的凄凄质问："夫妻的团聚，终将被残酷的徭役再次打破；然而，深陷饥饿之中的年迈父母，难道你也忍心不管他们的死活吗？"

全诗在这句悲凄的质问中结束，丈夫将如何回答妻子的质问，我们已无从知晓。当苛刻的政令和繁重的徭役危及每一个穷苦人家的生存，将支撑"天下"的平民逼迫到"如毁""如汤"的绝境之时，社会便会发出这样的质问声。《汝坟》中可怜的妻子在几经悲喜和绝望后发出的质问，得不到回答，换来的只是丈夫无尽的沉默。

坐观博物绘山河
——《诗经》中的建筑

路桥

1. 行，道路。

《国风·周南·卷耳》

《国风·豳风·七月》

《小雅·鹿鸣之什·鹿鸣》

《小雅·小旻之什·大东》

《小雅·北山之什·北山》

《小雅·桑扈之什·车舝》

《小雅·都人士之什·都人士》

《小雅·都人士之什·黍苗》

《大雅·文王之什·绵》

2. 道。

《国风·邶风·雄雉》

《国风·齐风·还》

《国风·邶风·谷风》

《国风·齐风·南山》

《国风·唐风·有杕之杜》

《国风·秦风·蒹葭》

《国风·陈风·宛丘》

《国风·桧风·匪风》

《小雅·鹿鸣之什·四牡》

《小雅·鹿鸣之什·采薇》

《小雅·小旻之什·小弁》

《小雅·小旻之什·巷伯》

《小雅·小旻之什·大东》

《小雅·都人士之什·何草不黄》

《大雅·文王之什·绵》

3. 路。

《国风·郑风·遵大路》

《大雅·文王之什·皇矣》

4. 逵，四通八达的大道。

《国风·周南·兔罝》

5. 梁，桥梁，浮桥。

《大雅·文王之什·大明》

堤坝

6．坟，河堤。

《国风·周南·汝坟》

7．漘，河坝。

《国风·魏风·伐檀》

8．防，堤防。

《国风·陈风·防有鹊巢》

9．梁，捕鱼的水坝。

《国风·邶风·谷风》

《国风·齐风·敝笱》

《国风·曹风·候人》

《小雅·小旻之什·小弁》

《小雅·小旻之什·何人斯》

《小雅·都人士之什·白华》

绿 衣

绿兮衣兮,绿衣黄里[1]。
心之忧矣,曷维其已[2]!

绿兮衣兮,绿衣黄裳。
心之忧矣,曷维其亡[3]!

绿兮丝兮,女所治兮[4]。
我思古人[5],俾无訧兮[6]。

絺兮绤兮[7],凄其以风[8]。
我思古人,实获我心!

注释

[1] 里：指内衬衣。

[2] 曷（hé）：何，怎么。维：语气助词，没有实义。已：止息，停止。

[3] 亡：用作"忘"，忘记。

[4] 女：同"汝"，你。治：纺织。

[5] 古人：故人，这里指诗人亡故的妻子。

[6] 俾（bǐ）：使。訧（yóu）：同"尤"，过错。

[7] 绪（chī）：细葛布。绤（xì）：粗葛布。

[8] 凄：寒意，凉意。

译文

绿衣裳啊绿衣裳，绿衣裳里是黄衣。
心忧伤啊心忧伤，忧伤何时才能止？

绿衣裳啊绿衣裳，绿衣下面是黄裳。
心忧伤啊心忧伤，忧伤何时才能忘？

绿丝线啊绿丝线，丝丝缕缕你来织。
心中思念亡故人，常劝我莫有过失！

细葛布啊粗葛布，寒风吹拂凉凄凄。
我心思念已亡人，举手投足得我心！

当时只道是寻常

睹物思人,最是令人痛不欲生。一个人刚刚从深深的悲痛中摆脱出来,却看到亡者的衣物、用具或者亡者所制作的东西,内心的苦楚又被唤起,重新陷入悲痛之中。《诗经·绿衣》应该算是悼亡诗的开山之作,诗中包含着诗人对亡妻深深的怀念,以及诗人创作此诗时的沉重情绪。

"绿兮衣兮,绿衣黄里。"诗人把亡故的妻子生前所做的衣服拿出来里里外外地翻看着,心情变得十分忧伤,不禁陷入了深深的思念之中。妻子活着时候的情景历历在目,诗人细心地看着衣服上的一针一线。他感到每一针、每一线都缝进了妻子对他的深深的爱。不仅如此,他还想到了妻子平时对他温柔而体贴的规劝,使他避免了不少过失。在这其中包含着多么深厚的感情啊!天气转凉,诗人还穿着夏天的衣服。因为妻子活着的时候,四季换衣都是由妻子为他操心的,那时的他是衣来伸手,饭来张口。

可妻子去世之后，他还没有学会照顾自己。直到实在无法忍受萧瑟秋风的侵袭，才想起寻找保暖的衣服，诗人无助之余，更加思念自己的贤妻，心中充满了悲恸。"绿衣黄里"说的是夹衣，是在秋天穿的；"绨兮绤兮"则是指夏天穿的衣服。诗人应该是在秋季创作了这首诗。因为诗中所描写的场景是诗人将刚刚取出来的秋天的夹衣捧在手里反反复复地看着。人已经逝去，而为他缝制的衣服尚在。衣服非常合身，针线细密而精巧，使他更加感到妻子做的一切都合于自己的心意，这是其他任何人都无法代替的。所以，诗人对妻子的思念，以及失去妻子之后的悲伤，都是深刻而沉痛的。正可谓是"天长地久有尽时，此恨绵绵无绝期"（白居易《长恨歌》），这样的夫妻情意深切而感人。

在今天看来，悼亡诗所承载的含义已经属于历史长河中一抹渐行渐远的情怀。斯人已去，此情尤在；睹物思人，黯然神伤；两情依依，永驻心间。时间是难以挽留的，唯有经过时间打磨积淀在心灵深处的情思，可以保留岁月的痕迹。

魂兮归来，这是一个悼亡者纯真的呼唤。斯人已逝，但天堂之中也许仍然会有回音，回应这旷古的呼唤。天堂虽然遥不可及，但是心灵始终是指向它的。有了这种指向，生命之舟也就有了停泊的港湾，不再随波逐流，四处游荡。

悼亡是思念和眷恋堆积在心灵中筑起的一座圣殿。生命中最真诚、最可贵、最埋想的一切都被供奉在这座圣殿之上，这不仅是对亡灵的祭奠，也是对生者心灵的安抚、灵魂的慰问。

此情只待成追忆

在宗法社会里,"男尊女卑"既是人们普遍承认和接受的伦理观念,也是夫妻关系的基本准则。因此,在当时的社会意识中,"儿女情"与"英雄气"是完全对立的,"儿女情长"就一定会"英雄气短"。因而夫妻之间的爱,这种人伦中最纯粹的感情在等级社会里便显得弥足珍贵。悼亡诗的作者们在妻子亡故之后,竟能在诗中毫不掩饰地抒写自己的伤悼之情,这不仅仅是因为勇气过人,如果没有真情实感,那么也很难成为千古绝唱。诸如"休说生生花里住,惜花人去花无主""朱户几人同插柳?青山何事尚含烟?江南梦绕断肠天"等,都是明证。

悼亡诗多为自言自语,为作者提供了思索和感情宣泄的空间。

《绿衣》诗中描写了一位丧失爱妻的丈夫,看到亡妻生前亲手所做的衣服,不由得睹物思人,反复咏唱。睹物思人,这是我国古代悼亡诗常见的桥段，所谓"抚存感往""睹物伤神"都体现其中。物象作为诗人情感的寄托，以物化的形态进入作品，从而生出一种凄寂而清冷、衰颓而暗淡的美感。潘岳的《悼亡诗》"望庐思其人，入室想所历。帏屏无仿佛，翰墨有余迹"，沈约的《悼亡诗》"游尘掩虚座，孤帐覆空床"，韦应物的《伤逝》"一旦入闺门，四屋满尘埃。斯人既已矣，触物但伤摧"，陆游的《沈园》"城上斜阳画角哀，沈园非复旧池台"，凡此种种，无不是睹物思人。

人长期居住在某个特定的环境里，必然每时每刻都会受到这个环境的影响。如果有朝一日这种环境忽然发生剧变，那么当他目睹眼前的一景一物，以此追忆旧日的生活场景时，不由得会生出物是人非之感，悲从中来，以至于泪中带血，五内俱摧。而此中的深情并非平空的哀叹感伤能够详尽表述的。这些诗句中虽然没有华丽的辞藻，却皆是发自诗人真挚的内心。作者将妻子作为一个与自己平等的人来看待，回想她的种种柔情，感恩她为自己烧饭洗衣，为自己指摘过失，这在当时的社会中实在是难能可贵。这与后代诗人空吟"蛱蝶情多元凤子，鸳鸯恩重是花神"，只想到妻子对自己的温存顺从，或要求对方"波澜誓不起，妾心古井水"，对自己无条件地死心塌地相比，不知要深切多少倍！

《唐风·葛生》是一首妇人想念丈夫的思妇诗。但是有些人对此诗的内容持有另一种态度，认为是丈夫悼念亡妻。诗歌直接剖白丈夫对亡妻的思念之情，自然地流露出伤悼之意。诗中描述了一位男子想起亡妻入殓时所用的角枕、锦衾，倍增凄楚之感，于是向亡妻诉说无人做伴、独身自处、光阴难度的哀伤，并表达了生不能相见，死后也要同穴的决心。这首诗首次将殓葬物与坟墓用于抒情，在此之后，潘岳的"驾言陟东阜，望坟思纡轸"，谢灵运的"解剑竟何及，抚坟徒自伤"，苏东坡的"千里孤坟，无处话凄凉"，无不是诗人们在与被悼念者阴阳相隔之时，面对坟墓抒情所作。而当他们想到与亡者一起深埋地下的陪葬物时，则更是生出无限的哀思。对亡故的亲人思念到了极致后，人们往往生出一种强烈的死后与之同穴的愿望。古人相信灵魂的存在，大多数诗人对自己死后会与先于自己逝去的亲人团聚抱有希望，无论这种相聚是灵魂的相聚还是埋入坟墓的身体的相聚。在这首诗中，作者只希望自己在死后与妻子葬在一处就已经很满足了，这比此后众多诗人希望灵魂的重逢显得更加质朴自然。

人有生死，情有哀乐。死是人与世界的诀别，哀悼、思念的感情有很多种方式，而层次较高，能够千古流传的方式则是文字的哀悼。《诗经》无疑是我国历代哀挽诗词的开先河者，景与情合，情与事合，写景、抒情融为一体，其艺术上的成就对后世的悼亡诗都产生了不可磨灭的影响！

第四辑

怨女泪

卷 耳

采采卷耳[1],不盈顷筐[2]。
嗟我怀人[3],置彼周行[4]。

陟彼崔嵬[5],我马虺隤[6]。
我姑酌彼金罍[7],维以不永怀[8]。

陟彼高冈,我马玄黄[9]。
我姑酌彼兕觥[10],维以不永伤[11]。

陟彼砠[12]矣,我马瘏[13]矣。
我仆痡[14]矣,云何吁[15]矣!

注释

[1] 采采：采了又采。卷耳：野菜名，又叫苍耳。

[2] 盈：满。顷筐：浅而容易装满的竹筐。

[3] 嗟：语助词。怀：想，想念。

[4] 置：放置。周行（háng）：大道。

[5] 陟（zhì）：登上。崔嵬（wéi）：高低不平的有石的土山。

[6] 虺隤（huī tuí）：马腿疲软的一种病。

[7] 姑：姑且。金罍（léi）：青铜酒杯。

[8] 维：语气助词，无实义。永怀：长久思念。

[9] 玄黄：马毛变黄的一种病。

[10] 兕觥（sì gōng）：犀牛角做成的酒杯。

[11] 永伤：长久思念。

[12] 砠（jū）：有土的石山。

[13] 瘏（tú）：马因疲病而无法前行。

[14] 痡（pū）：人因过劳致病而无法前行。

[15] 云：语气助词，没有实义。何：多么。吁（xū）：忧愁。

译文

采了又采卷耳菜,采来采去筐未满。
叹息牵挂远行人,竹筐放在大路旁。

登上高高石山顶,马儿腿软难行路。
我且斟满铜酒杯,让我不再长相思。

登上高高山冈间,马儿毛黄步难行。
我且斟满牛角杯,但愿从此不忧伤。

登上高高山冈呀,我的马儿疲病呀。
我的仆人病倒呀,多么令人愁困呀。

那堪孤枕梦边城

女人缠绵悱恻的情意常引古今无数诗人落笔作诗,思妇诗便是其中最有成就的一类诗。在过去"以夫为纲"的时代,一个已经出嫁成为人妻的女子,全部情感与希冀的依托,都系于夫君一人身上。丈夫出征在外,在家中守候的女子不仅要孝敬公婆,养育儿女,操持家务,连本该由丈夫所做的那份工作也要义无反顾地承担。内心的幽怨、苦楚,除了自己之外,更与谁人诉说呢?

《卷耳》全篇共四章,第一章是以思念征夫的妇女的口吻来写的;后三章则以思家心切、征途劳顿的男子口吻写成。犹如一场两性互诉心声的戏剧,男女主人公在同一场景、同一时段抒发情感。诗人明智地省去"女曰""士曰"一类的提示词,戏剧效果表现得更为强烈,男女主人公"思怀"的内心感受交融合一。诗文的第一章出现这样一幅图景:妇人采集卷耳,因为满心只想着远行的丈夫，因而心不在焉，劳动了好一阵子都没能采满一筐。诗文以这样一幅场景，引出接下来女子想象中的画面。女子呼唤着远行的男子，"不盈顷筐"的卷耳被弃在"周行"——通向遥远征途的大路旁。随着女子的呼唤，备尝征途艰险的男子满怀愁绪，缓缓出现在了女子幻想的崎岖山路上；对应着女子眼前的"周行"，他正行进在崔嵬的山间。我们并不能确定，到底不在场的丈夫，会不会像妇人所想象的那样，正在因为马仆劳病而忧烦不已，但是我们却几乎可以确定，那远行的人，的的确确，也正在思念着家乡。

全诗字字句句，质朴纯然，没有那些华丽辞藻的堆积，愈发显得整首诗情感自然率真，完全有别于后世文人的刻意仿古之作，丝毫不做作。妇人苦思久役于外的丈夫，将心比心地想象夫君也会以同样的心思念着自己，这是多么单纯真挚的情意！作者凭借他细腻丰富的想象力、高超精湛的创作能力，将这一情意注入诗行，并且表达得婉转深长。

言咏花木借情思
——《诗经》中的植物

《诗经》的创作距今至少已有三千多年。孔子有言:"不学诗,无以言。"这里的"诗"指的就是《诗经》,由此可知这部中国首部诗歌总集对古代读书人的重要意义。那么作为现代人,为什么也要阅读古言的《诗经》呢?人们之所以看重这部历史久远的诗歌总集,除了欣赏古人文学艺术的创作之外,更重要的是想从中获取古人的智慧。何况历代经典很多都是从《诗经》中吸取精华,如许多脍炙人口的典故、成语——"投桃报李""甘棠遗爱"等。因而要想读懂经典,就一定要了解《诗经》。

《诗经》中提及了100多种植物,要读懂诗的含义,前提必然包括多识其中的草木之名。如"蒹葭苍苍,白露为霜,所谓伊人,在水一方""采采芣苢,薄言采之"等。"蒹葭"实际上就是芦苇,"芣苢"就是车前草,都是现代常见的植物,但因为时代变迁，它们通行的名称也发生了变化，使得人们一时间难以辨析诗句中的植物，在体会诗的意境时也因此会出现一些偏差。

《诗经》中提到的植物种类极其丰富。仅《豳风·七月》一篇中就出现了 20 多种植物。"桑"是其引用最为频繁的植物。在此，我们收录了其中数十种植物，依照它们的用途分为制衣、膳食、入药、观赏、其他五大类，并依次列出《诗经》中所有使用到该植物的篇章名。同时以简单扼要的文字说明该植物所具备的特性。在了解这些植物各自的特征之后，读者就更能实实在在地领悟到古代先民对生活、自然与艺术的思考。

制衣

1. 葛，豆科藤本植物，花紫红色，茎可做绳，茎皮纤维可织葛布或作造纸原料。

《国风·周南·葛覃》

《国风·周南·樛木》

《国风·邶风·旄丘》

《国风·王风·葛藟》

《国风·王风·采葛》

《国风·齐风·南山》

《国风·魏风·葛屦》

《国风·唐风·葛生》

《小雅·小旻之什·大东》

《大雅·文王之什·旱麓》

2. 蔂，像葛的一种藤本植物。

《国风·周南·樛木》

《国风·王风·葛藟》

《大雅·文王之什·旱麓》

3. 茹藘，茜草，其根可作绛红色染料。

《国风·郑风·东门之墠》

《国风·郑风·出其东门》

4. 绿，荩草，又名王刍，禾本科植物，其液汁可作黄色染料。

《国风·卫风·淇奥》

《小雅·都人士之什·采绿》

5. 蓝，蓼蓝，蓼科，一年生草本植物，叶含蓝汁可制作靛蓝色染料。

《小雅·都人士之什·采绿》

膳食

6. 卷耳，石竹科，多年生草本植物。叶青白色，细茎蔓生。全草可供药用，茎部可供食用。

《国风·周南·卷耳》

7. 蕨，蕨科，多年生草本植物，嫩叶可食，俗称"蕨菜"；根状茎含淀粉，俗称"蕨粉"，也可食用。

083

《国风·召南·草虫》

《小雅·小旻之什·四月》

8. 薇，野豌豆苗，又名巢菜，多年生草本植物，种子可食，嫩茎与叶可作蔬菜。

《国风·召南·草虫》

《小雅·鹿鸣之什·采薇》

《小雅·小旻之什·四月》

9. 葑，蔓菁菜，芜菁。十字花科，一年生或二年生草本植物，叶与根茎可食。

《国风·邶风·谷风》

《国风·鄘风·桑中》

《国风·唐风·采苓》

10. 菲（fěi），又名芴，萝卜一类的蔬菜。

《国风·邶风·谷风》

11. 荼，《诗经》中"荼"指代三种植物：其一，苦菜，苦荬菜；其二，委叶，一种芜秽的杂草；其三，茅芦之类的白花。

《国风·邶风·谷风》

《国风·郑风·出其东门》

《国风·豳风·七月》

《国风·豳风·鸱鸮》

《大雅·文王之什·绵》

《大雅·荡之什·桑柔》

《周颂·闵予小子之什·良耜》

12. 苦，苦菜。

《国风·唐风·采苓》

13. 芑，一种苦菜，茎青白色，断叶有白汁出。

《小雅·彤弓之什·采芑》

14. 荠，十字花科，一至二年生草本植物，开白色小花，嫩叶可食。

《国风·邶风·谷风》

15. 莫（mù），酸模，又名羊蹄菜，蓼科，多年生草本植物。味酸，可用作调料，也可食用。

《国风·魏风·汾沮洳》

16. 蓫，羊蹄菜。

《小雅·祈父之什·我行其野》

17. 葍，一种多年生的蔓草，又名小旋花。地下茎可食。

《小雅·祈父之什·我行其野》

18. 荍，锦葵。锦葵科，二年生或多年生草本植物，花紫绿色，可以食用。

《国风·陈风·东门之枌》

19. 堇，堇葵，堇菜，可食用。

《大雅·文工之什·绵》

20. 莪，萝蒿，蒿类植物。茎可以生食，也可以蒸食。

085

《小雅·彤弓之什·菁菁者莪》

《小雅·小旻之什·蓼莪》

入药

21．堇，一说乌头，附子。毛茛科。母根乌头可治风湿，子根附子有回阳、逐冷的作用。

《大雅·文王之什·绵》

22．芣苢，车前草，车前科。全草可药用，具有清热、明目、祛痰的作用。

《国风·周南·芣苢》

23．苓，甘草，豆科，多年生草木植物。根与根茎可入药，外皮表面红棕或灰棕色，有清热解毒、祛痰止咳的作用。

《国风·邶风·简兮》

《国风·唐风·采苓》

24．蝱，贝母草，百合科，多年生草本植物，鳞茎可入药。通常用于清热润肺、化痰止咳。

《国风·鄘风·载驰》

25．蓷，益母草，唇形科，一年生或二年生草本植物。益母草入药可广泛用于治疗多种妇科疾病。

《国风·王风·中谷有蓷》

26．藚，泽泻草，泽泻科，多年水生或沼生草本植物。全株有毒，亦可入药，主治肾炎水肿、肠炎泄泻、小便不利等症。

《国风·魏风·汾沮洳》

27. 蒬，远志，远志科，多年草本植物。根皮可入药，有益智安神、散瘀化痰的功能。

《国风·豳风·七月》

28. 谖草，萱草，忘忧草，百合科，多年生草本植物。性味甘凉，有清热消炎、明目安神、止血等功效。

《国风·卫风·伯兮》

29. 蔹，葡萄科藤本植物。块根可入药，具有清热解毒、敛疮生肌的功效。

《国风·唐风·葛生》

30. 艾，艾蒿，菊科，多年生草本植物。艾叶晒干捣碎得"艾绒"，可供艾灸之用；全草亦可入药，有去湿散寒、止血止咳、安胎抗过敏的疗效。

《国风·王风·采葛》

《鲁颂·閟宫》

31. 蒿，青蒿，蒿类植物。南方多做成面食，俗称"蒿团"；全株可入药，主治暑邪发热、阴虚发热、疟疾发热等。

《小雅·鹿鸣之什·鹿鸣》

《小雅·小旻之什·蓼莪》

32. 苹，藾蒿，俗名艾蒿。

《小雅·鹿鸣之什·鹿鸣》

33. 芩，黄芩，唇形科，多年生草本植物。具有清热燥湿的功效，可用作凉血安胎，也可用于治疗温热病。

《小雅·鹿鸣之什·鹿鸣》

34. 唐，菟丝子，旋花科，一年生寄生草本植物。具有滋补作用，可用作治疗肾虚腰痛、阳痿遗精、宫寒不孕等症。

《国风·鄘风·桑中》

35. 女萝，寄生植物，一说即菟丝子。

《小雅·桑扈之什·颊弁》

36. 蒌，蒌蒿，蒿类植物。全草可入药，有止血、消炎、镇咳之效；鲜嫩茎秆可食用，可拌凉菜或炒食；鲜草亦可用于饲喂牲畜。

《国风·周南·汉广》

观赏

37. 萧，蒿类植物。有香气，古时用于祭祀。

《国风·王风·采葛》

《国风·曹风·下泉》

《小雅·白华之什·蓼萧》

《小雅·北山之什·小明》

《大雅·生民之什·生民》

38. 蔚，牡蒿，蒿类植物。全草可入药，有清热解毒、止血消炎的功效；嫩叶可食用，也可用作家畜饲料。

《小雅·小旻之什·蓼莪》

39. 茨，蒺藜，蒺藜科，一年生草本植物。鲜草可用作饲料；果实可入药，有明目的功效；果实表皮有刺，损害皮毛质量，是草场的有害植物。

《国风·鄘风·墙有茨》

《小雅·北山之什·楚茨》

《小雅·北山之什·甫田》

《小雅·北山之什·瞻彼洛矣》

40. 芄兰，萝藦，萝藦科，多年生藤本植物。枝叶柔弱，常做地栽布置庭院。野生植物，草本，蔓生，实如羊角。

《国风·卫风·芄兰》

41. 蕳，一种兰草，气味芳香。古人采摘用于祛邪；男女互赠用于示爱。

《国风·郑风·溱洧》

42. 苕，凌霄花，紫葳科，藤本植物。花色明艳。形态美观。极具观赏价值。

《国风·陈风·防有鹊巢》

《小雅·都人士之什·苕之华》

43. 鹢，绶草，兰科植物。花瓣色彩鲜明，具有观赏价值。

《国风·陈风·防有鹊巢》

44. 勺药， 说与今之芍药不同，一种香草。

《国风·郑风·溱洧》

其他

45．台，莎草，莎草科，多年生草本植物。茎叶可编织蓑笠等。

《小雅·白华之什·南山有台》

《小雅·都人士之什·都人士》

46．莱，藜，亦称灰菜，藜科，一年生草本植物。嫩叶可以食用；茎可以做拐杖。

《小雅·白华之什·南山有台》

《小雅·祈父之什·十月之交》

47．蓬，蓬草，菊科植物。古时被视作杂草。

《国风·召南·驺虞》

《国风·卫风·伯兮》

48．莠，狗尾草，禾本科，一年生草本植物。田间杂草。

《国风·齐风·甫田》

《小雅·北山之什·大田》

49．稂，童粱，指穗粒空空的禾，田间害草。

《国风·曹风·下泉》

《小雅·北山之什·大田》

50．蓍，筮草，菊科，多年生草本植物。古时人们用来占卜；全草亦可入药，有发汗、驱风的功效。

《国风·曹风·下泉》

51．茅，茅草，禾本科，多年生草本植物。古时用于搭屋顶、捆束、烧火等杂用。

《国风·召南·野有死麕》

《国风·豳风·七月》

《小雅·都人士之什·白华》

52．荑，白茅，初生之茅。

《国风·邶风·静女》

《国风·卫风·硕人》

53．菅，菅草，茅属，多年生草本植物。叶子细长，很坚韧，可做索、炊帚、刷子等。

《国风·陈风·东门之池》

《小雅·都人士之什·白华》

54．竹，萹竹，萹蓄，蓼科一年生草本植物。茎叶似竹。

《国风·卫风·淇奥》

雄　雉

雄雉于飞[1]，泄泄其羽[2]。
我之怀矣，自诒伊阻[3]。

雄雉于飞，下上其音。
展矣君子[4]，实劳我心。

瞻彼日月，悠悠我思。
道之云远[5]，曷云能来。

百尔君子[6]，不知德行。
不忮不求[7]，何用不臧[8]？

注释

[1] 雉（zhì）：野鸡。

[2] 泄泄：羽翼舒展的样子。

[3] 诒：同"遗"，遗留。伊：语气助词，没有实义。阻：苦恼，忧愁。

[4] 展：诚实。

[5] 云：语气助词，没有实义。

[6] 百：全部，所有。

[7] 忮（zhì）：嫉妒。求：贪心。

[8] 臧：善，好。

译文

雄野鸡飞向远方,缓缓扇动着翅膀。
我怀念远方的人,自找苦恼徒忧伤。

雄野鸡飞向远方,鸣声上下随它飞。
我诚实的丈夫啊,让我劳心又费神。

遥望太阳和月亮,思念悠悠天地长。
路途漫漫多遥远,何时才能回故乡。

所有"君子"都一样,不知什么是德行。
你不害人不贪婪,为何没有好结果?

自是情丝抽不尽

征夫怨妇类的诗词,往往表达着一种特殊的依恋之情。

之所以说它特殊,就在于它不像纯情的少男少女之间的那种恋情。少年不识愁滋味,天真烂漫确实是可贵可爱的,但是却少了几分厚度和深度,也难以经得起生活中的种种坎坷,甚至是日常的柴米油盐这些琐碎事情的考验。浪漫天真的激情消退之后,便是赤裸的生活现实,反差强烈得让人难以接受。而古代征夫怨妇的恋情,则恰好把这个过程颠倒了过来。经历过琐碎沉闷、平淡无奇的共同生活之后,才发现由此产生的依恋竟会以如此强烈的形式爆发出来。朝夕相处的体验,为思念中的想象提供了无数的触媒和材料,因此也就显得更加坚实和厚重。分别得越久,思念和想象也就越强烈,因此也就越加坚定了情感和心灵的皈依。从这样的角度来解读征夫怨妇的诗,才能够真正体悟其中的意蕴。

诗的前两章都是以雄雉起兴。雄雉就在眼前，思妇看到它舒畅地拍打着翅膀，听到它咯咯的叫声，想起了她常年在外服役的丈夫。她既不能见到他的人，也不能听到他的声音，心中的苦痛难以名状，思念逐渐累积。诗的第三章以日月的起落更替，来点明丈夫已经离家很久的这一事实。同时，也是以日月的长久来象征自己思念的悠长。由此可见思妇的怀念之情是多么深挚。第四章，诗人的语气突然一转：丈夫出门在外，现实的社会又混乱不堪，真希望他能够平平安安的。由此可见妻子对丈夫的爱有多么深切。

雉是一种充满耿介之气的鸟，它的品性堪与君子相媲美，比如《兔爰》一诗就是以"雉离于罗"来比喻君子所遭受的苦难。最后一章的"不知德行"是从反面来加深这个意义，用雄雉的品性来讽劝君子。诗的前两章只落笔于雄雉，而没有描摹它们雌雄双飞的景象，其中也有几分离别的意思，同时引出了下文"怀""劳"的情绪。诗中描写雄雉，又是从"飞"这一动态去捕捉刻画它的神情和声音，其实是在比喻丈夫在外服役日久，思妇在家相思入骨。

第三章的"瞻"涵盖了思妇的所见。思妇与天上的日月两相呼应，构成了意象的空间，让人脑海中自动浮现出思妇伫立遥望的情景，加上前文对于雄雉的点染，便营造出一种强烈的画面感。"道之云远"一句，拉长了画面，把思妇的视线指向其久役在外的丈夫，它与第一章的"自诒伊阻"相互呼应，首尾两章共同制造出一幅天高地远的情景，哀婉凄凉，回环微妙，同时也为整首诗覆上一层和谐之美。"曷云能来"，是对思妇"悠悠我思"的现实回答，也是思妇瞻望的必然结果。路途遥远，丈夫无法回来，这也深深地透露出思妇对当时现实状况的无奈。

岁岁清河渡生灵
——《诗经》中的动物

水禽

1. 雎鸠,一名王雎,状类凫鹥,生有定偶,常并游。

《国风·周南·关雎》

2. 雁,大雁。

《国风·邶风·匏有苦叶》

《国风·郑风·女曰鸡鸣》

《国风·郑风·大叔于田》

《小雅·彤弓之什·鸿雁》

3. 凫,野鸭。

《国风·郑风·女曰鸡鸣》

《大雅·生民之什·凫鹥》

4. 鹥,鸥。

《大雅·生民之什·凫鹥》

5．鸨，似雁。

《国风·唐风·鸨羽》

6．鹭，白鹭，亦称鹭鸶。

《国风·陈风·宛丘》

《周颂·臣工之什·振鹭》

《鲁颂·有驰》

7．鹈，鹈鹕。

《国风·曹风·候人》

8．鹳。

《国风·豳风·东山》

9．鸿，天鹅。

《国风·豳风·九罭》

《小雅·彤弓之什·鸿雁》

10．鹤。

《小雅·彤弓之什·鹤鸣》

《小雅·都人士之什·白华》

11．鸢，老鹰。

《小雅·小旻之什·四月》

《大雅·文工之什·旱麓》

12．鸳鸯。

《小雅·桑扈之什·鸳鸯》

《小雅·都人士之什·白华》

13. 鹙，类似鹤，头颈上无毛，青苍色。

《小雅·都人士之什·白华》

陆禽

14. 黄鸟，黄鹂，黄莺。一说黄雀。

《国风·周南·葛覃》

《国风·邶风·凯风》

《国风·秦风·黄鸟》

《小雅·祈父之什·黄鸟》

《小雅·都人士之什·绵蛮》

15. 鹊，喜鹊。

《国风·召南·鹊巢》

《国风·鄘风·鹑之奔奔》

《国风·陈风·防有鹊巢》

16. 鸠，斑鸠。一说鸤鸠，布谷鸟。

《国风·召南·鹊巢》

《国风·卫风·氓》

《小雅·小旻之什·小宛》

17. 雀，麻雀。

《国风·召南·行露》

18. 燕，燕子。

《国风·邶风·燕燕》

19．玄鸟，燕子。

《商颂·玄鸟》

20．雉，野鸡。

《国风·邶风·雄雉》

《国风·邶风·匏有苦叶》

《国风·王风·兔爰》

《小雅·小旻之什·小弁》

21．乌，乌鸦。

《国风·邶风·北风》

《小雅·祈父之什·正月》

22．鹑，鹌鹑。

《国风·鄘风·鹑之奔奔》

《国风·魏风·伐檀》

23．仓庚，黄莺。

《国风·豳风·七月》

《国风·豳风·东山》

《小雅·鹿鸣之什·出车》

24．䴗，伯劳鸟。体态华丽，嘴大锐利，鸣声洪亮。

《国风·豳风·七月》

25．鸤鸠，布谷鸟。

《国风·曹风·鸤鸠》

26．雎，斑鸠，鹘鸠，鹘鸼。羽毛呈黑褐色，天要下雨或刚刚放晴时,常在树上咕咕地叫。

《小雅·鹿鸣之什·四牡》

《小雅·白华之什·南有嘉鱼》

27. 脊令,即鹡鸰,头黑额白,背黑腹白,尾长,住水边。

《小雅·鹿鸣之什·常棣》

《小雅·小旻之什·小宛》

28. 翚,野鸡。

《小雅·祈父之什·斯干》

29. 桑扈,青雀,亦称窃脂。

《小雅·小旻之什·小宛》

《小雅·桑扈之什·桑扈》

30. 鸒,乌鸦,亦名雅乌,寒鸦。

《小雅·小旻之什·小弁》

31. 鸦,野鸡的一种。

《小雅·桑扈之什·车辖》

32. 桃虫,鹪鹩。一种小鸟。

《周颂·闵予小子之什·小毖》

33. 鸡。

《国风·王风·君子于役》

《国风·郑风·女曰鸡鸣》

《国风·郑风·风雨》

《国风·齐风·鸡鸣》

猛禽

34．晨风，一种类似鹞鹰的猛禽。

《国风·秦风·晨风》

35．鸮，也作枭，猫头鹰。

《国风·陈风·墓门》

《大雅·荡之什·瞻卬》

《鲁颂·泮水》

36．鸱鸮，一类像猫头鹰的鸟。

《国风·豳风·鸱鸮》

37．流离，枭，关西称之为流离。

《国风·邶风·旄丘》

38．鸱，猫头鹰。

《大雅·荡之什·瞻卬》

39．隼，一种类似鹰的猛禽。

《小雅·彤弓之什·采芑》

《小雅·彤弓之什·沔水》

40．鹯，tuán，同"䴊"，雕。

《小雅·小旻之什·四月》

41．鹰。

《大雅·文王之什·大明》

氓

氓之蚩蚩[1],抱布贸丝[2]。
匪来贸丝,来即我谋[3]。
送子涉淇[4],至于顿丘。
匪我愆期[5],子无良媒。
将子无怒[6],秋以为期。

乘彼垝垣[7],以望复关[8]。
不见复关,泣涕涟涟[9]。
既见复关,载笑载言。
尔卜尔筮[10],体无咎言[11]。
以尔车来,以我贿迁[12]。

桑之未落,其叶沃若[13]。
于嗟鸠兮,无食桑葚;
于嗟女兮,无与士耽[14]。
士之耽兮,犹可说也;
女之耽兮,不可说也[15]。

桑之落矣，其黄而陨[16]。
自我徂尔[17]，三岁食贫[18]。
淇水汤汤[19]，渐车帷裳[20]。
女也不爽[21]，士贰其行[22]。
士也罔极[23]，二三其德[24]。

三岁为妇，靡室劳矣[25]；
夙兴夜寐[26]，靡有朝矣。
言既遂矣[27]，至于暴矣。
兄弟不知，咥其笑矣[28]。
静言思之，躬自悼矣。

及尔偕老，老使我怨[29]。
淇则有岸，隰则有泮[30]。
总角之宴[31]，言笑晏晏[32]。
信誓旦旦[33]，不思其反[34]。
反是不思[35]，亦已焉哉[36]！

注释

[1] 氓（méng）：民，男子之代称。蚩蚩（chī）：同"嗤嗤"，嬉笑貌。

[2] 贸：交易，买卖。

[3] 即：就；靠近。谋：商议，计划。匪：通"非"。"匪来"二句是说那人并非真来买丝，是找我商量事情来了。所商量的事情就是结婚。

[4] 淇：古水名。顿丘：古邑名。

[5] 愆（qiān）期：拖延期限。这句是说并非我要拖过约定的婚期而不肯嫁，是因为你没有找好媒人。

[6] 将（qiāng）：愿，请。

[7] 垝（guǐ）：毁，毁坏的，坍塌的。垣（yuán）：墙。

[8] 复：返。关：在往来要道所设的关卡。一说"复关"是一个地名，是指"氓"居住的地方。

[9] 涟涟：涕泪下流貌。女子初时不见他回到关门来，以为他负约不来了，因而伤心泪下。

[10] 卜：灼烧龟甲，通过观察龟甲上的裂纹来判断吉凶。筮（shì）：

用蓍（shī）草占卦。

[11] 体：指龟兆和卦兆，即卜筮的结果。无咎言：就是无凶卦。

[12] 贿：财物，指妆奁（lián）。

[13] 沃若：犹"沃然"，形容桑叶润泽鲜美的样子。以上二句以桑的茂盛时期比喻自己恋爱满足、生活美好的时期。

[14] 耽（dān）：耽乐，过度沉浸在欢娱之中。

[15] 说：读为"脱"，解脱。

[16] 陨（yǔn）：坠落。

[17] 徂（cú）尔：嫁入了你家。徂，往。

[18] 食贫：生活贫困，衣食匮乏。

[19] 汤汤：水盛貌。

[20] 渐：浸湿。帷裳：车旁的布幔。以上两句是说被弃逐后渡淇水而归。

[21] 爽：差错。

[22] 贰："貣（tè）"的误字。"貣"就是"忒（tè）"，和"爽"同义。以上两句是说女方没有过失而男方行为不对。

[23] 罔极：没有定准，变化无常。

[24] 二三其德：前后言行不一致。

[25] 靡：无，没有。靡室劳矣：指丈夫从不承担家庭的劳务，全由妇人一力承担。

[26] 兴：起。这句连下句就是说起早睡迟，天天都是这个样子。

[27] 言：没有实义。既遂：指生活已经过得顺心。

107

[28] 咥（xì）：笑貌。以上两句是说兄弟还不晓得我的遭遇，见面时嬉笑如常。

[29] "及尔"二句：当初曾和你约定要一同过到老，现在真正老了你却只会使我怨恨。

[30] 隰（xí）：据考证，此字当作"湿"，古水名，就是今天的漯河，黄河的支流，流经卫国境内。泮（pàn）：通"畔"，水岸，河岸。

[31] 总角：古时男女未成年时会将头发扎成两角的丫髻，称总角。宴：乐。

[32] 晏晏（yàn）：欢快、美好的样子。

[33] 旦旦：恳切貌。

[34] 不思：没有想到。反：背叛（誓言）。

[35] 反是不思：对上句的重复，变换句法为的是和下句押韵。

[36] 焉哉：语气词连用，加强感叹语气。

译文

那个男子笑嘻嘻的,
抱着布匹来买我的丝。
其实哪里是来买丝,
而是来和我商量结亲一事。
远送他渡过淇水,
一直将他送到顿丘。
并不是我在故意拖延婚期,
只怪你没有良媒所以好事难成。
请你不要因此生气,
就把秋天定为我们的缔结良缘之时。

登上颓圮的废墙,
眺望郎君返回时必经的关门。
没有在关门处看见心上人的身影,
禁不住思念泪涟涟。
突然在关门处望见情郎的身影,
立刻有说有笑喜气洋洋。

你用龟甲占卜、蓍草算卦请示上天，
卦示兆象没有不好，
请驾着你的车马前来，
把我和嫁妆迁往你家。

满枝桑叶还未曾飘落的时候，
叶片青嫩润泽。
哎呀，无知的鸠鸟啊，
怎能被桑葚的香美迷惑。
哎呀，善良的女子啊，
怎能被男子的甜言蜜语迷惑。
男子也会在爱情中沉沦，
可他们仍然可以解脱，
如果女子被爱情困住，
却无法全身而退获得解脱。

当满枝的桑叶片片飘落，
叶片枯黄没入尘土。
自从我嫁入你家做媳妇，
多年来过着贫寒饥馑的生活。
淇水浩荡，
浸湿了我车旁的布幔。
我丝毫没有任何过错，

是你这个男人错事做尽。
你言行多变没有定准，
你三心二意负心背德。

来到你家为妇多年，
家中劳务全由我一人承担，
早起晚睡不知疲倦，
日子天天都是这样度过。
生活日渐安稳，
你改换面目施暴行。
兄弟不知个中细节，
见我回家还拍掌发笑。
静静回想所有这一切，
只能独自一人默默伤心。

当初曾和你约定要一起过到老，
如今真正老了你却只会惹我生怨。
淇水波涛滚滚却也有岸，
隰河虽然宽阔也有边际。
当年我们梳着丫髻总在一起玩闹，
又说又笑欢快美好，
当时你信誓旦旦多么真诚，
当时我哪里想到你今日会食言。

111

当时没有料到的今日已经发生,
你我的恩情也就至此了断吧!

多情自古空遗恨

《卫风·氓》通过一个妇女的哭诉,生动地描述了这个妇女从恋爱、结婚直到被遗弃的完整过程,抒发了她对丈夫冷漠的悲愤与怨恨,客观上也揭露了当时社会对女性的压迫。

《氓》全诗共分为六章。第一章写的是女主人公答应了氓的求婚。诗歌在一开头就说明了氓是一个"抱布贸丝"的小商人,来到女主人公这里进行蚕丝交易,其实这只是一个由头,真正目的是商量结婚的事情。为了达到目的,他装出了一副诚恳的面孔,来向少女求婚。由于这位女主人公没有看破氓的虚情假意,因此一口就答应了氓的请求。于是,她不顾父母之命、媒妁之言,明媒正娶的礼数也不管了,勇敢地许下了"秋以为期"的诺言,错误地把自己的爱情投在了一个骗子的身上。从这里不难看出,诗中的女主人公是一位淳朴、热情而又很单纯的少女。氓呢?则是一个非常狡猾虚伪的家伙。

"乘彼垝垣，以望复关"，这位少女自从订婚以后，就投入热烈的感情，对氓一片痴情："不见复关，泣涕涟涟。既见复关，载笑载言。"她对于占卜的结果丝毫都不怀疑，希望氓赶快来将她娶回家完婚。诗的第二章，描写的是女子热切地盼望婚嫁的心理，进一步刻画了她淳朴热情的性格；另外一方面也为以后的婚姻悲剧和女子性格的发展变化埋下了伏笔。

第三章是全诗情感上的一个转折，女子由对爱情的憧憬转为对自陷情网的追悔莫及。"桑之未落，其叶沃若"，诗人用桑叶的鲜嫩貌来比喻女子的年轻美貌，结尾的四句："于嗟鸠兮，无食桑葚；于嗟女兮，无与士耽。士之耽兮，犹可说也；女之耽兮，不可说也。"这是女主人公从自己被遗弃的遭遇中总结出来的满含血泪的教训，她下定决心对过去不再留恋，并且用亲身经历告诫姐妹们，以免她们再重蹈自己的覆辙。这里，诗人为我们所展现的正是这位女子深深的后悔之情，同时也写出了这位女子性格中极为高贵和坚强的一面。

诗歌的第四章描写了女主人公对负心男子的怨恨。诗人以同样的手法，用"桑之落矣，其黄而陨"来暗示女子已经色衰，揭示出她被氓所抛弃的直接原因。"自我徂尔，三岁食贫"，道出了这位女子从结婚之后一直是过着贫苦的生活，正是这样的生活使她美丽的容貌很快就变得憔悴了。而这位氓在骗得了她的爱情和嫁妆之后，也逐渐暴露出了他那冷酷的"二三其德"的本性，女子被无情地抛弃了，她对婚姻的幻想也就像肥皂泡一样破灭了。这里，诗歌通过这位女子的控诉，有力地揭穿了氓负心背德的卑劣嘴脸。

这位可怜的女子为了获得真正的爱情和幸福，无论什么样的艰难困苦她都心甘情愿地忍受着，无论多么重的担子她都承担了下来，甚至是面对丈夫的暴怒虐待也毫无怨言。而氓呢？原来那一片"信誓旦旦"的假忠诚，那一脸"蚩蚩"的假殷勤，在他"言既遂矣"，目的达到之后，就被他全然抛在脑后。而更加可怜的则是，这位女子最终被迫回到娘家，等待她的却并不是亲人的抚慰，而是兄弟们的拍掌欢笑，即使是在自己亲人的面前也得不到一丝同情。这样的沉重打击，如此的世态炎凉，使她在痛苦不堪的情况下，只好形影相吊，"躬自悼矣"。

第六章抒写了女主人公被抛弃后的心情——从愤恨决绝慢慢转为平静。"及尔偕老，老使我怨"，怨恨交集的激愤之感油然而生。回忆往事，再看看今天，自己的命运和前途都那样暗淡渺茫，当初的"信誓旦旦"全被氓一手推翻了。而这位女主人公也透过氓背叛誓言的面目，看清了他那卑鄙恶劣的灵魂，于是她变得异常决绝了。"反是不思，亦已焉哉"，悔恨多于哀伤，决绝而没有任何留恋，她对氓已经没有了任何期望，也没有了半句哀告，更不存一丝幻想，有的只是对氓的愤恨和谴责。

春风日日长桑蚕
——古代桑蚕文化与丝绸之路

丝绸的起源可以一直追溯到5000多年前的新石器时代。传说，黄帝的元妃嫘祖是中国第一个种桑养蚕的人。商周时期，就已经出现了罗、绮、锦、绣等丝织品。秦汉以后，丝绸的生产已经形成了一套非常完备的技术体系。唐宋之际，随着中外文化交流的日益深入和经济重心的南移，丝绸的工艺技术和生产区域都发生了重大的变化。明清两代，丝绸生产趋于专业化，丝织物的品种也更为丰富，图案也更加绚丽多姿。

西汉时期，张骞出使西域，打通了著名的丝绸之路，建立了通往中东和欧洲的通道。丝绸之路犹如一条彩带，将古代亚洲和欧洲的文明连接在了一起。正是这条丝绸之路，将中国的造纸术、印刷术、火药和指南针四大发明，养蚕丝织技术以及绚丽多彩的丝绸产品、茶叶、瓷器等传送到了世界各地。同时，还将中亚的汗血马、葡萄，印度的佛教、音乐，西亚的乐器、天文学等输入中国，东西方文明在交流融合的过程中不断更新、发展。

精美的中国丝绸一传到西方便使西方人为之倾倒，古罗马诗人维吉尔称赞中国的丝绸比鲜花还美丽。随着中国丝绸的不断外传，他们了解了中国的丝绸，也认识了中国。除了丝绸，中国的瓷器、漆器等，都是西方国家所钟爱的具有东方韵味的工艺品。

随着东西方商业贸易的频繁交流，东西方文明的相互影响也日益增强。在物质文化交流的同时，丝绸之路带来的文化成果也绚丽多彩。今天随处可见的佛寺石窟和名刹寺庙等，都是印度佛教直接或间接催生的产物。特别是沿着丝绸之路留存下来的佛教石窟，如敦煌莫高窟、安西榆林窟、天水麦积山石窟、大同云冈石窟、洛阳龙门石窟等大多融会了东西方的艺术风格和佛教精神，是丝绸之路上中西文化交流的见证。佛教在中国的传播，对中国文化和中国人的精神层面都产生了广泛而深远的影响，也开创了中华文明吸收外来文化的先河。

丝绸之路是横贯亚欧的商业要道，是古代东西方之间的贸易之路，也是一条东西方各国政治、经济、文化交流的大路，丝绸之路还是古代中国文明作用于世界历史的重要杠杆，是古老的中国走向世界、接受世界其他地区文明营养的重要渠道。中国文化性格的塑造、中国历史形态的变迁，都与丝绸之路息息相关。

击 鼓

击鼓其镗[1],踊跃用兵[2]。
土国城漕[3],我独南行。

从孙子仲[4],平陈与宋[5]。
不我以归,忧心有忡。

爰居爰处[6]?爰丧其马?
于以求之?于林之下。

死生契阔[7],与子成说[8]。
执子之手,与子偕老。

于嗟阔兮[9],不我活兮。
于嗟洵兮[10],不我信兮。

注释

[1] 镗：击鼓的声音。

[2] 兵：兵器。

[3] 土国：在国内服挖土、填土的劳役。

[4] 孙子仲：人名，此人是统兵的主帅。

[5] 平：和，和好，使动用法，使……和好。

[6] 爰：在何处。

[7] 契阔：聚合离散。

[8] 成说：立下誓言。

[9] 于嗟：感叹词。阔：远离。

[10] 洵：远。

译文

战鼓敲得咚咚响,奔跑跳跃练刀枪。
别人动土修城墙,我却南下上战场。

跟随将军孙子仲,调和陈国与宋国。
我们无法回家乡,忧愁痛苦满心伤。

哪里有我栖身处?哪里丢失我骏马?
我到哪里去寻找?深山老林苦苦寻。

生离死别好痛苦,先前与你有誓言。
紧紧拉住你的手,与你偕老到白头。

远隔万里真可叹,若想生还难上难。
生死离别犹可叹,海誓山盟成空谈。

一夜征人尽望乡

这是一位远征异国多年而不得归家的士兵对统治者穷兵黩武的控诉。诗中反映了统治阶级发动的无休止的战争，给人民带来的深重灾难。

诗的第一章写诗人不幸被远征到南方参加战争；第二章则是写他有家不能归的痛苦心情；第三章写士兵们思乡心切，军心涣散，没有了斗志；第四章追叙诗人与妻子离别时的情景；诗的最后，则是描写诗人对统治者强迫自己长期服役的痛恨。

春秋时期，诸侯各国之间的兼并战争非常频繁，而卫国对外发动的战争尤其多。这首诗所反映的就是"平陈与宋"的战争。

这首诗无论是涣散的军心，还是离别的痛苦，都描摹得生动逼真，文笔委婉有致。正面描写与侧面描写相结合，所产生的效果也是非常强烈的。征夫的妻子在家伺候公婆、养育子女，心里难免会有怨恨,而在外征战沙场的征夫则同样心怀幽怨。由此可见,无论男女,只要两情相依、两心相许,便人同此心、心同此理。士兵们被强迫从军参加战斗,却并不知道为何而战,身上穿着的铠甲、手里的刀枪便成了沉重的枷锁镣铐。一旦身死疆场,就成了游魂野鬼。

对于平民百姓来说,只有国难当头,他们才会以兵刃相见,而那些统治者则并不这么想。他们往往会为了一己私利或者头脑发热,就把受苦受难、卖命送死的"恩惠"赐给小民百姓,百姓们能没有怨恨吗?战争的策划者和发动者往往都有他们自己的逻辑,而在战场上卖命送死的士兵也有自己的喜怒哀乐。道不同不相与谋,平民百姓也有儿女情长,因此,征夫的这首怨曲也是他们爱情的哀歌。

《击鼓》一诗,开头第一章先介绍卫人救陈的历史背景,交代了平陈宋之难,进而描写了卫人的怨愤,最后以"我独南行"作结。这首诗是以抒写个人愤懑为主的,这是贯穿全诗的线索。

第二章"从孙子仲,平陈与宋",承接上面的"我独南行"。如果南行不久就返回家乡,那么也没有什么。但是诗的末尾两句说"不我以归,忧心有忡",叙事继续向前推进,层层递进,让人心酸不已。

第三章写骏马丢失了。这似乎是题外的小插曲,但其实这正是全诗的中心所在。骏马是不爱受到羁绊的,它们喜欢自由地驰骋;而远征的士兵也不愿意长久地在外征战,他们也思念家乡。正是这个看似旁出一笔的细节，其实是对人情最传神的刻画。

第四章写征夫回忆起自己与妻子和谐美好的过往，当时二人定下要相伴偕老的誓言。这与第五章的内容形成鲜明对比，生活在那样的时代，什么样的誓言面对现实都成了无用的空谈。两章紧紧相扣，滴水不漏。

全诗的前三章是远征的士兵叙述的出征时的情景，字字写来如怨如慕、如泣如诉。后面两章转到回忆夫妻离别时的誓言，怨恨遥遥无期的远征，上下紧扣，言辞激烈，可谓是悲愤满乾坤。将士卒长期征战的悲愤和思念家乡亲人的痛苦表现得淋漓尽致、无以复加。

大风吹鼓三千里
——鼓的历史

乐器的前身,是一些能够发出声音的器物,早在旧石器时代,就已经存在一些能发出噪音的响器。这些响器有一部分是由于运动或者劳动时的节奏需要而被使用;另外一部分则是以声音的手段来沟通自然或神灵,因此它们所产生的并不是优美动听的乐音,而是令人感到不安、恐怖的声音。到了新石器时期,乐器的创造进入了非常丰富的时期,人类将倒下来的树干挖空,制成了开口的鼓,而后也出现了皮膜鼓,鼓的文化由此开始了。

关于鼓的起源,历史上有四种不同的说法:圣人制鼓说、伊耆氏之鼓、黄帝制鼓说和神农制鼓说。

其中,传说中伊耆氏所制的土鼓,是以陶土为框、以革为两面,用草扎成的鼓槌进行敲击。鼓在商代是流传非常广泛的乐器,商周以来鼓的种类有很多。

商代晚期有一种双鸟饕餮纹铜鼓，鼓腔两面饰鼍皮纹，鼓腔的下部有四个兽首为足。当时的手工业已经有了长足进步，青铜器的冶炼与铸造也已经达到很高的水平，因此这些铜鼓的造型都非常精美。在这一时期也出现了一种像近代民间流行的"拨浪鼓"似的乐器，鼓穿在木柄上，鼓框的两边系着两条绳，绳端是小珠，当手摇木柄时，小珠就会来回敲击鼓面，发出声音。

到了周代，《诗经》所记载的二十九种乐器当中，打击乐器就占了二十一种，其中单是鼓类就包括贲鼓、县鼓、鼛鼓等。在大射仪乐队中，还使用了建鼓、鞉鼓、应鼓等打击乐器。

春秋时期，铜鼓大为流行，它是由炊具铜釜发展而来的。春秋初期，铜鼓还并不是完全作为发声用的乐器，而是炊具与乐器合一的角色。到了公元前七世纪，铜鼓才作为专门的乐器使用。这时的形制也较为稳定，鼓上还绘有多姿多彩的图饰。铜鼓在当时是统治者权力的象征，后来则多用于战事，也作为祭祀、赏赐及进贡的重器。

在以打击乐器和吹奏乐器相结合的汉代鼓吹乐中，鼓占有相当重要的地位。无论是横吹曲、骑吹曲，还是箫鼓曲，都有鼓的出现。

到了南北朝时期，由于中原和北方少数民族的战争频发，大量少数民族的打击乐器传入了中原地区，如羯鼓、腰鼓、答腊鼓、都昙鼓、毛员鼓等，这些乐器随后都盛行于唐代，被广泛应用于隋唐的燕乐中。

隋唐时期的燕乐，则是将少数民族的音乐与外来的音乐的诸多要素，融汇于汉民族音乐之中，展现出一种全新的风格、形式和面貌。在隋九部乐与唐十部乐中，出现了节鼓、腰鼓、羯鼓、毛员鼓、都昙鼓、答腊鼓、鸡娄鼓、齐鼓、担鼓、连鼓、革鼓、桴鼓、同鼓、王鼓、正鼓、和鼓、檐鼓等近二十种鼓，和汉代以前的鼓已经有所不同。

宋代的教坊大乐，是宫廷燕乐中最盛大的合奏形式，使用羯鼓、大鼓等，鼓声震天，阵容庞大；而用于祭祀仪式和朝会仪式的雅乐，则多用建鼓、应鼓及鞞鼓；作为军乐或仪仗使用的鼓吹乐，是以鼓和吹管乐器为主，演奏人数达到数千人。

元代承袭宋代遗制，在宫廷雅乐中，使用了建鼓、鞞鼓、应鼓、晋鼓、雷鼓、雅鼓、相鼓、搏拊等十二种打击乐器；在宴乐的部分，则有杖鼓、扎鼓、渔鼓、和鼓、金錞鼓、金錞稍子鼓、花腔稍子鼓等。其中的晋鼓，多用于祭天的时候，鼓身高两米多，鼓面直径约四尺，鼓面绘有云龙装饰。

明清以来，鼓的数量与种类不如唐宋时代多，主要是因为当时以戏曲说唱、民歌小调为主，乐队则以拉弦乐器为中心，在这一时期出现的鼓大部分以来自西域的腰鼓为主，包括荸荠鼓、板鼓、堂鼓、缸鼓、腰鼓、书鼓、八角鼓等，作为戏曲、民间音鼓、昆曲、江南丝竹等的伴奏。

在中国古代，鼓作为人与神沟通的媒介，常带有神秘的色彩，受到历代统治者的重视。几乎每一个朝代都有专职的司鼓人员，如周代有"鼓人"掌管鼓类，汉代有鼓吏，汉唐有鼓吹署，宋设有鼓院、鼓司，明清则设有钟鼓司等。此外，鼓也渗透在社会文化生活的方方面面。官方的祭祀、宴乐、仪仗与军事中，以及戏曲、宗教等各种民俗活动中，鼓都发挥了诸多的艺术与实用功能。

第五辑

之子归

桃 夭

桃之夭夭[1]，灼灼其华[2]。
之子于归[3]，宜其室家[4]。

桃之夭夭，有蕡[5]其实。
之子于归，宜其家室。

桃之夭夭，其叶蓁蓁[6]。
之子于归，宜其家人。

[1] 夭夭：少壮貌，桃树含苞欲放的样子。

[2] 灼灼：花开艳丽的样子。华：花。

[3] 之子：指出嫁的姑娘。归：女子出嫁。

[4] 宜：和顺，和善。室家：指夫妇。

[5] 蕡（fén）：果实很多的样子。

[6] 蓁蓁（zhēn）：树叶茂盛的样子。

译文

桃树含苞满枝头,花开灿烂如红霞。
姑娘就要出嫁了,夫妻和睦是一家。

桃树含苞满枝头,果实累累坠树丫。
姑娘就要出嫁了,夫妻和睦是一家。

桃树含苞满枝头,桃叶茂密色葱绿。
姑娘就要出嫁了,夫妻和睦是一家。

燕尔新婚春光盛

《桃夭》塑造的形象十分生动。用娇娆的桃花，比喻少女的美好，实在是写得妙。读过这样诗句的人，眼前无不浮现出充满青春朝气的少女形象。而"灼灼"二字，更是给人以耳目一新之感，短短四字句，竟能呈现出洋洋的喜气，非常精到。"桃之夭夭，灼灼其华。之子于归，宜其室家"，细细品味，一种内心的喜悦，溢于言表。

周代一般是在春光灿烂、桃花盛开的季节嫁女，故作者以桃花起兴，为新娘唱赞歌。但旧时的说法认为桃花与后妃君王有关，因而并不常用。这首诗不像一般贺新婚的诗句，或夸耀男方家世如何显赫，或称赞女方陪嫁如何丰盛，而是反复强调"宜其家人"，以家庭和睦为美。诗中反复用一"宜"字。一个"宜"字，揭示了新嫁娘与家人和睦相处的美好品德，也写出了她的美好品德给新建的家庭注入了新鲜的血液，带来了和谐欢乐的气氛。这个"宜"字,掷地有声,简直没有一个字可以代替之。

《桃夭》一诗共分为三章。第一章以鲜艳的桃花比喻新娘的青春姣颜。诗中的桃花鲜艳欲滴,而经过打扮的新嫁娘此刻既兴奋又羞涩,两颊飞红,真有人面桃花、两相辉映的韵味。诗中描景即是喻人,情景交融,烘托出了一派洋洋喜气。第二章则是表示对新人婚后的美好祝愿。桃花过后,硕果累累。诗人说它的果子结得又大又好,正是祝愿新娘能早生贵子,儿孙满堂。第三章则以桃叶的茂盛来祝愿家业的发达,人丁的兴旺。用桃树枝上累累的硕果与繁茂的枝叶来象征新娘婚后生活的美满幸福,真是最美好的比喻,最具想象力的颂辞!朱熹在《诗集传》中认为此诗的每一章都用了"兴",确实有道理,但细细品味,兴中比的成分更过一些,比兴兼用。全诗三章,每章都先以桃起兴,继以花、果、叶作喻,极具层次感:由花开到结果,再由果落到叶盛;所喻诗意也渐次转化,桃树的生长与新嫁娘的婚后生活在本诗的三个层次中相互对应,纯然一体,毫无造作之感。

才慧皆在诗中藏
——《诗经》中的成语

1. 窈窕淑女，君子好逑

《国风·周南·关雎》

2. 求之不得

《国风·周南·关雎》

3. 悠哉悠哉

《国风·周南·关雎》

4. 辗转反侧

《国风·周南·关雎》

5. 逃之夭夭

《国风·周南·桃夭》（桃之夭夭）

6. 忧心忡忡

《国风·召南·草虫》

《小雅·鹿鸣之什·出车》

7. 日居月诸

《国风·邶风·日月》

8. 谑浪笑敖

《国风·邶风·终风》

9. 新婚燕尔

《国风·邶风·谷风》（宴尔新婚）

10. 委委佗佗

《国风·鄘风·君子偕老》

11. 如切如磋

《国风·卫风·淇奥》

12. 如琢如磨

《国风·卫风·淇奥》

13. 肤如凝脂

《国风·卫风·硕人》

14. 巧笑倩兮，美目盼兮

《国风·卫风·硕人》

15. 信誓旦旦

《国风·卫风·氓》

16. 投桃报李

《大雅·荡之什·抑》（投我以桃，报之以李。）

17. 一日不见，如隔三秋

《国风·王风·采葛》(一日不见,如三秋兮!)

18．孔武有力

《国风·郑风·羔裘》

19．舍命不渝

《国风·郑风·羔裘》

20．风雨凄凄

《国风·郑风·风雨》

21．风雨潇潇

《国风·郑风·风雨》

22．邂逅相遇

《国风·郑风·野有蔓草》

23．婉如清扬

《国风·郑风·野有蔓草》

24．劳心忉忉

《国风·齐风·甫田》

25．硕大无朋

《国风·唐风·椒聊》

26．涕泗滂沱

《国风·陈风·泽陂》

27．衣冠楚楚

《国风·曹风·蜉蝣》(衣裳楚楚)

28．七月流火

《国风·豳风·七月》

29．万寿无疆

《国风·豳风·七月》

《小雅·鹿鸣之什·天保》

《小雅·白华之什·南山有台》

《小雅·北山之什·楚茨》

《小雅·北山之什·信南山》

《小雅·北山之什·甫田》

30．风雨飘摇

《国风·豳风·鸱鸮》（风雨所漂摇，予维音哓哓！）

31．寿比南山

《小雅·鹿鸣之什·天保》（如南山之寿，不骞不崩。）

32．杨柳依依

《小雅·鹿鸣之什·采薇》

33．雨雪霏霏

《小雅·鹿鸣之什·采薇》

34．春日迟迟

《国风·豳风·七月》

《小雅·鹿鸣之什·出车》

35．它山之石，可以攻玉

《小雅·彤弓之什·鹤鸣》

36．只知其一，不知其二

《小雅·小旻之什·小旻》（人知其一，莫知其他。）

37．战战兢兢

《小雅·小旻之什·小旻》

《小雅·小旻之什·小宛》

38．如临深渊

《小雅·小旻之什·小旻》

39．如履薄冰

《小雅·小旻之什·小旻》

《小雅·小旻之什·小宛》

40．惴惴小心

《小雅·小旻之什·小宛》

41．巧言如簧

《小雅·小旻之什·巧言》

42．只闻其声，不见其人

《小雅·小旻之什·何人斯》（我闻其声，不见其身。）

43．溥天之下，莫非王土。率土之滨，莫非王臣。

《小雅·北山之什·北山》

44．高山仰止

《小雅·桑扈之什·车舝》

45．绰绰有余

《小雅·桑扈之什·角弓》（绰绰有裕）

46．小心翼翼

139

《大雅·文王之什·大明》

47．天作之合

《大雅·文王之什·大明》

48．不可救药

《大雅·生民之什·板》

49．进退维谷

《大雅·荡之什·桑柔》

50．毕恭毕敬

《小雅·小旻之什·小弁》（必恭敬止）

51．兢兢业业

《大雅·荡之什·云汉》

《大雅·荡之什·召旻》

52．爱莫能助

《大雅·荡之什·烝民》（爱莫助之）

53．明哲保身

《大雅·荡之什·烝民》（既明且哲，以保其身。）

54．穆如清风

《大雅·荡之什·烝民》

55．呜呼哀哉

《大雅·荡之什·召旻》（於乎哀哉）

56．高高在上

《周颂·闵予小子之什·敬之》

鹊　巢

维鹊有巢[1]，维鸠居之[2]。
之子于归，百两御之[3]。

维鹊有巢，维鸠方之[4]。
之子于归，百两将之[5]。

维鹊有巢，维鸠盈之[6]。
之子于归，百两成之[7]。

注释

[1] 维：发语词，没有实义。鹊：喜鹊。

[2] 鸠：布谷鸟。传说布谷鸟不筑巢。

[3] 两：同"辆"。百两：很多车辆。御（yà）：同"迓"，迎接。

[4] 方：占有，占据。

[5] 将：护送。

[6] 盈：满，充满。

[7] 成：完成了结婚的仪式。

译文

喜鹊筑巢在枝头,布谷飞来就住下。
姑娘马上要出嫁,百辆大车来迎她。

喜鹊筑巢在枝头,布谷飞来一起住。
姑娘马上要出嫁,百辆大车护送她。

喜鹊筑巢在枝头,布谷飞来占满它。
姑娘马上要出嫁,百辆大车迎娶她。

赏析

迎亲飘彩大街前

我们可以从诗句的描述中,想象出一场壮观的嫁女场面:载满彩礼的一列列大车,盛大的迎亲队伍前呼后拥,吹吹打打,异常喜庆。如此大的规模,论身份地位,绝不是寻常人家嫁女儿,应该是贵族的婚礼。

诗歌共分三章,每一章开篇都以鸠占鹊巢起兴。喜鹊造好了巢,布谷住了进去,这是现实中此两种鸟间自然的现象。方玉润说:"鹊巢自喻他人成室耳,鸠乃取譬新昏人也;鸠则性慈而多子。"由此可知,女子出嫁,住进夫家,此种情况在当时被认为是人的天性使然,就如同布谷居鹊巢一般。

郑玄说:"鹊之作巢,冬至架之,至春乃成。"因而诗歌也借此非常明确地点明了成婚的时节。陈奂说:"古人嫁娶在霜降后,冰泮前,故诗人以鹊巢设喻。"(《诗毛氏传疏》)说明此时也正好是当时风俗中适宜婚嫁的季节。

诗的每一章的前两句写布谷占据鹊巢分别使用了"居""方""盈"三个字，诗人并不是随意选取这三个字的，它们的含义有数量上的递进关系，与后两句中的"御""将""成"形成了呼应。因而全诗三章并不是简单的重复叠唱，而是在行文上有一套内在的逻辑。

第一章中的"百两御之"，是成婚的第一个环节：迎亲。新郎来迎亲，用"百两御之"，可见夫家的富有，同时也衬托出新娘的高贵身份；后面两章继续写成婚的第二个和第三个环节：迎回与礼成。"百两将之"是写男方已完成迎娶的任务，正在返回的途中；"百两成之"是指迎娶回家之后，新人已经完婚了。"御""将""成"这简单的三个字已经涵盖了成婚仪式的整个过程。"之子于归"一句便点出了诗中所表现的女子出嫁的主题。三章共选取了三个典型的婚礼场面，而勾勒这三个场面又只用到了一个画面元素——迎亲的车辆。这个元素是极具代表性的，因而寥寥数笔就已烘托出婚礼的盛大，并且非常准确生动地表现出喜庆热闹的新婚场景。

全诗以简洁的语言描写了婚礼的过程，没有像《桃夭》中以粉嫩的桃花来烘托新娘的美丽，也没有出现直接描述新娘容貌的诗句，但读者却仿佛感受到新嫁娘充满喜悦与羞怯的笑颜。如果说"之子于归"一句还隐约有新嫁娘的影子，让人知道在迎亲的队列中还有新娘的存在，那么，男主角——新郎则完全隐在了婚礼的幕后。新郎是否来迎亲，读者无从知晓。静心细品诗中的喜庆场面，那悠长的迎亲队伍、阔气的迎亲排场，这一切都浓缩于短短的三章诗句之中，令人回味无穷。

145

花烛璧人自天成

早在周代，我国就已经有了一整套完备的婚礼仪式。《仪礼·士昏礼》上所载的媒聘婚的六道程序即为六礼。

第一个环节"纳采"，即男方聘媒人到女方家说亲，在征得女方的同意之后，以雁为礼物，派遣使者送上，就算是向女方正式提出缔结姻缘的请求了。

第二个环节"问名"，即男方派遣的使者问女子生母之名，以区嫡出庶出，并问女子的名字、排行以及生辰，用来占卜。

第三个环节"纳吉"，即男方在完成占卜后，如获吉兆，便再次派使者送雁到女家，示为报喜。行纳吉礼后，正式确定婚约；如呈凶兆则这段姻缘也就到此为止了。

第四个环节"纳征"，也叫作"纳成"，即向女方送聘礼。

第五个环节"请期"，即男方占卜选一个黄道吉日，并征得女方的应允。

第六个环节"亲迎"。婚期吉日，新郎乘黑漆车亲往女方家迎娶。

周代的六礼直到近代都被一些豪门望族所遵循，男女双方要缔结婚姻关系的话，必须有双方父母、媒人的参与，并完成婚俗的各项内容。

古时人们的结婚年龄也是有所规定和限制的。据《周礼·地官》上记载："令男三十而娶，女二十而嫁。"《国语·越语》勾践法令则规定男子二十娶，女子十七嫁。一般认为，男三十、女二十是最高的上限，最低限制的嫁娶之年则为男子十六、女子十四。战乱过后可以结婚的年龄就早些，因为需要增加人口，有些法令甚至规定过了年龄不嫁娶要遭受处罚。

古人关于结婚的时令也非常讲究，一般将婚期定在秋季。《荀子·大略》中载："霜降逆女，冰泮杀止。"古时的农人"冬则居邑，春则居野。田牧之世，分散尤甚。故嫁娶必始秋末。迄春初，雁来而以为礼，燕来则祀高媒，皆可见嫁娶之时节"。由此可见，秋季在古人眼中确实是结婚的好时节。《氓》中的诗句"匪我愆期，子无良媒。将子无怒，秋以为期"，女子提出的婚期正是在秋季。

在前面介绍的六礼中，纳采、问名、纳吉、请期、亲迎都要以雁作为礼物，有的学者说是取雁南来北往顺乎阴阳，象征阴阳和顺；有的说象征爱情忠贞；有些研究者认为其初始来源还与季节有关，以雁为礼也点明了婚礼的季节。

婚，古写作昏。因为古代的婚礼大都是在黄昏或夜间时分进行的。古人选择黄昏举行婚礼，实则是氏族社会抢婚制遗留下来的习惯。《唐风·绸缪》中提及的一场婚礼就是在"三星在天"的时段举办的。有研究者认为《陈风·东门之杨》并非是写在城外相会的男女，而是新婚男女。"昏以为期，明星煌煌""昏以为期，明星晢晢"指代的正是结婚的吉时。

不过，周代人结婚虽然有诸多禁忌与讲究，但由古籍"奔者不禁""令会男女"的记载来看，当时青年男女的交往也较为自由，子女也有一定的婚姻自主权。婚礼仪式虽然冗繁，但其意义主要是为新人做证，确保双方婚后应有的权利。

螽　斯

螽斯羽[1]，诜诜兮[2]。
宜尔子孙[3]，振振兮[4]。

螽斯羽，薨薨兮[5]。
宜尔子孙，绳绳兮[6]。

螽斯羽，揖揖兮[7]。
宜尔子孙，蛰蛰兮[8]。

注释

[1] 螽（zhōng）斯：蝈蝈，外表似蝗虫。羽：翅膀。

[2] 诜诜（shēn）：众多的样子。

[3] 宜：多。

[4] 振振：鼓翼奋飞的样子。

[5] 薨薨（hōng）：群虫飞舞的声音。

[6] 绳绳：延绵不绝的样子。

[7] 揖揖：聚集。

[8] 蛰蛰（zhé）：群体安静地蛰伏于一处。

译文

蝈蝈展翅飞,
成群结队乱纷纷。
你的子孙那么多,
鼓翼纷飞在一方。

蝈蝈展翅飞,
成群结队多热闹。
你的子孙那么多,
绵延不绝纵古今。

蝈蝈展翅飞,
成群结队来会聚。
你的子孙那么多,
安静蛰伏在 边。

诗经赏析

万世流芳齐祝愿

世间万物变幻莫测，短暂的人生也难免被世事的无常所困扰。当生命终结，什么还能成为幸福的延续？在这一点上，我们的祖先早已把幸福同繁衍紧密联系在一起。

华夏一族多子多福的观念，早在远古尧舜时代就已深入人心。《庄子·天地》篇有"华封三祝"的记载：尧去华地巡视，守疆人对这位"圣人"充满敬意，衷心地祝愿他"寿、富、多子"。而再三颂祝"宜尔子孙"的《螽斯》，正是古人这一"多子"愿望的诗意表达。

《螽斯》一诗分为三章，每章四句，前两句用螽斯起兴，后两句表达祝愿之意。整首诗用的是重章叠句的手法，也是本诗艺术特色的所在之处。如果说，"宜尔子孙"的三处连用，使诗的主题更加鲜明，那么，六组叠词的运用，则更使全诗韵味十足。《诗经》中的大量诗篇都运用了叠词，而《螽斯》的独特之处是：

六组叠词，形象生动，隔句联用，音韵和谐，构成了节短韵长的表达效果。

不仅如此，诗文结构虽然相同，六词意义却有所不同，从而使诗文意义随着行文层层递进：第一章赞美多子兴旺；第二章祝愿世代昌盛；最后一章则营造出一种儿孙满堂的欢乐氛围。其实，《螽斯》通篇都在围绕"螽斯"展开，然而，这一主题却是一语双关。因为，"螽斯"不仅是一个简单的比喻性的意象，作诗者更是以螽斯来象征强盛的生殖能力，这种使用象征性意象的手法在《诗经》中也是不多见的。

螽斯这种昆虫生产后代的能力非常强盛，一年之内就可产下两三代，真不愧是"子子孙孙无穷尽"的动物。《螽斯》一诗正是基于此而用螽斯作比，寄情于物，表达多子多福的美好祝愿。常言"子孙众多，言若螽斯"，即是出于此。

风物取意千秋宝

中国是一个文明古国，悠久的历史、深厚的文化沉淀为我们留下了取之不尽的宝藏。而中国传统的吉祥图案便是这些宝藏中最优美、最绚烂的一部分。人们对于美好生活的向往和追求往往可以寄托于这些吉祥图案。人们巧妙地将美好的寓意融入山水、走兽、花鸟、日月星辰等意象之中，或是以神话传说、民间谚语为素材，通过借喻、比拟、双关、谐音、象征等手法，创造出更为含蓄蕴藉的图案。我们把这种具有历史渊源、富有民间特色，又蕴含吉祥企盼意义的图案称为中国传统吉祥图案。中国传统吉祥图案是中华民族传统文化的重要组成部分，也是一种表现民族历史的艺术形式。

早在远古时期，人类就有着图腾崇拜。人们对于未知的世界充满了好奇与幻想，从各式飞禽兽类、花鸟鱼虫等动植物的形态和特性中得到了灵感，经过想象力的加工，祈福求安的图形符号便由此诞生。在远古"重巫祀"的时代，这些图案或多或少都带着神灵崇拜的色彩。显然，这些图案还不算是人类主观创作的吉祥图形，但从客观上说，却已为传统吉祥图案的形成奠定了基础。

到了新石器时代，彩陶、石雕、玉刻上出现了大量精湛成熟的图案，除了龙、凤、龟、鸟等兽纹，云纹、水波纹、回纹等也是其中重要的组成元素。至春秋战国时期，真正意义上的吉祥图案在上层社会中产生。这一时期，随着生产力的提高，手工艺水平飞速发展，人们丰富的想象力幻化出的形象渐渐可以付诸真实存在的图案了。如青铜器、漆器上的饕餮纹、夔龙纹、鸟纹、象纹等纹样。秦汉时期，佛教中的因果报应、道教中的长生不老、儒教中的阴阳五行，加上民间流传的神话传说，吉祥图案的题材内容得到了极大的丰富，并被大量地运用在建筑、雕塑和民间艺术当中。与此同时，富含吉祥意味的祝福语也开始出现。在现代考古中发现，早在汉代织锦上就已经出现文字吉祥图，如"万事如意""延年益寿大益子孙"等。后世广泛应用的福、禄、寿、喜图案也已产生并逐渐发展起来。隋朝至元朝，吉祥图案渐趋完善。特别是在宋元之际，吉祥图案进入了高度普及期，在建筑彩绘、陶瓷、刺绣、织物、漆器艺术上，随处可见吉祥图案。甚至到了"图必吉祥"的地步。吉祥图案的发展到了明清时代开始进入成熟阶段。图样层出不穷，画图的技法也多种多样。吉祥图、吉祥语的广泛流传，对社会文化产生了深远的影响。

从中国传统吉祥图案的发展脉络来看，虽然吉祥图案的发展在各个阶段都遇到过一些瓶颈，但总体上仍呈不断演进与完善的趋势，并在明清时期达到一个高峰。作为人们喜闻乐见的一种艺术形式，传统吉祥图案始终焕发着极强的艺术魅力。根据吉祥图案的创作方向，我们可将其大致分为以下几种类型：

汉字谐音，即同音不同字。利用汉语的谐音以表达某种吉祥祝愿。例如一只鹌鹑与九片落叶组成的图案取"安居乐业"之意——鹌居落叶；又如梅同"眉"，喜鹊代"喜"，枣同"早"，花生代"生"等。这些谐音就为吉祥图案提供了素材，可制作出"喜上眉梢""早生贵子"等吉祥图案。

人们根据观察，发现大自然中的动植物有着各自不同的性情。于是就寄情于物、象征附会。比如将好狗不事二主喻为忠，羊羔跪伏吃奶喻为孝，鹿性情温和喻为仁，良马顺主喻为义，还有日常生活中常见的成双成对的鸳鸯，常用来寓意恩爱夫妻。如此一来，儒学中所倡导的看似抽象的观念就有了具体的象征。

将最直观的物件放入吉祥图案是最常见的创作方法，人们一看就能知道其中的寓意，如金元宝、宝玉等属于财富的象征。灯笼是传统节日中最常用的挂饰。在灯笼上绘上五谷，寓意五谷丰登，丰衣足食；绘上笔墨纸砚、琴棋书画，寓意书香雅阁、文人雅士。一些描绘宗教故事的吉祥图案，是最具代表性的寓意吉祥的例子。像描绘道教"明暗八仙"与佛教"八宝""八吉祥"的图案都属此寓意。

从某种意义上看，汉字本身就是一种非常美妙的图案。汉字的各种体例与书法形式都有着较强的表现力，因而常作为一种符号用于吉祥图案之中。像日常生活中常见的"福""禄""寿""喜"四字，就是中国传统吉祥图案中的重要组成部分。如各种"百福""百禄""百寿""百喜"图，常同室内装饰品相结合。书法艺术、民族艺术和传统文化相辅相成，韵味悠长。

中国古代诗歌词赋艺术有着悠久的历史，底蕴深厚，常运用比、兴等手法，借物以抒情。这些手法也被吉祥图案的创作所吸收，在手工艺品的制作上体现出一种浓郁的文化气息。比如，古人言"与善人居，如入芝兰之室，久而不闻其香，即与之化矣"，在吉祥图案的创作上，匠人们常将芝兰同画在一起，寓意高洁的君子之交；秋天的菊花凌霜开放，异常耐寒，常成为文人墨客歌咏的主体，被寄予高尚的情操。而在吉祥图案中，菊花则被赋予吉祥长寿之意。

当然，除了以上介绍的创作方式，许多吉祥图案都是综合了以上几种手法来制作的。综合手法的应用也赋予了图案更为丰富的表现空间，使得作品更为饱满生动。像由佛手、桃和石榴组成的"三多图"，意在多福、多寿和多子，这三多组合在一起，便是人们所憧憬的美好幸福生活的象征。

葛 覃

葛之覃兮[1]，施于中谷[2]，维叶萋萋[3]。
黄鸟于飞[4]，集于灌木，其鸣喈喈[5]。

葛之覃兮，施于中谷，维叶莫莫[6]。
是刈是濩[7]，为𫄨为绤[8]，服之无斁[9]。

言告师氏[10]，言告言归[11]。
薄污我私[12]，薄浣我衣[13]。
害浣害否[14]，归宁父母[15]。

注释

[1] 葛：葛藤，一种多年生草本植物，纤维可以用来织布。覃（tán）：长。

[2] 施（yì）：蔓延。中谷：谷中。

[3] 维：语气助词，没有实义。萋萋：茂盛的样子。

[4] 黄鸟：黄鹂。于：语气助词，没有实义。

[5] 喈喈（jiē）：鸟儿鸣叫的声音。

[6] 莫莫：茂密的样子。

[7] 刈（yì）：用刀割。濩：煮。

[8] 绤：细葛布。绤：粗葛布。

[9] 服：穿着。无斁（yì）：心里不厌弃。

[10] 言：语气助词，无实义。师氏：管教女子学习女工的老妈子。

[11] 归：指回娘家。

[12] 薄：语气助词，有赶快的意思。污：洗去污垢。私：内衣。

[13] 浣（huàn）：洗涤。

[14] 害（hé）：曷，何，什么。否：不。

[15] 归宁：指回娘家。

译文

葛草长得长又长,漫山遍野全长满,
藤叶茂密又繁盛。黄鹂飞来在其中,
时而栖息灌木上,嘹亮婉转声清脆。

葛藤长得长又长,漫山遍野到处生,
藤叶葱绿又繁盛。割藤煮麻织布忙,
织完细布织粗布,做成衣服难舍弃。

告诉管家心里话,我只想回我娘家。
快把内衣拿来洗,再把外衣洗一遍。
是否干净要分清,回家看望父母亲。

织衣又吟心上歌

《葛覃》分三章，呈现于人们眼前的是三幅跳跃式的画面。首章似乎没有人物出现，只见一派清碧如染的葛藤，蔓延在幽静的山沟之间；然而这幽静的氛围，立刻就被一阵婉转的鸟鸣打破，抬眼望去，却见一只美丽的黄雀，在灌木丛上徘徊啼啭。这"画中无人"的场面，其实是一种错觉，在那绿葛缠绕、黄雀啼鸣等景色的掩映之下，我们分明看到一位面带笑容的女子，正在那里顾盼神飞。

接着转入第二章，女子的身影终于进入诗行，而那背影却是如此飘忽不定：刚才明明看见她弯腰割藤，转眼间又见她坐在庭院中"濩"葛、织布了。而那满眼青翠的葛藤，霎时又化作一幅幅飘拂的葛布；此刻女子早已坐于铜镜前比着"绨绤"，正羞涩地试衣服呢！那一句"服之无斁"，流露出的是辛勤采织后的欣慰和骄傲。

到了第三章，诗的境界又为之一变，诗句中瞬时多了一位慈眉善目的"师氏"。她仿佛在聆听，却又好像在指教，因为此刻年轻女子正央求她告知还有哪些需要清洗的衣物。"害浣害否，归宁父母"——心情急切的女子满含羞涩与掩饰不住的喜悦，最终还是向师氏和盘托出了内心的小秘密。当然，这心思无疑也被读者们听到了，人们不禁恍然大悟：原来穿梭于诗行之间的这位年轻女子，竟然是一位迫切待"归"的新人！如此看来，第一、二章的似断非断，山谷间的藤蔓、黄雀啼鸣的春景，与"刈濩"、织布的繁忙景象，不仅烘托了年轻女子的热切期盼，更显示了她的聪明能干。如此美好的女子，不仅让婆家满意，更让父母欣慰。

就像动物有雌雄分工一样，男人和女人在生活中的角色也有分工。男子种田耕地、打猎、经商、打仗，因而吃苦耐劳、粗犷剽悍是男子汉的本色。女子采桑织布、浆洗做饭、哺育子女，因而灵巧细心、温柔贤惠、周到体贴是女人的本色。这是封建社会中所谓的自然法则。

在过去的数千年中，我们的祖先始终遵循着这一"自然法则"生活，男耕女织、自给自足。

在古人看来，采桑织布，忙于家务是女人的天职，那么女人也就应该怀着愉悦的心情看待这一切。生身父母是最可亲可敬的亲人，因而思念父母、期盼"归家"的急切心情乃是人之常情，同样值得歌颂。质朴恬淡的生活、辛勤的忙碌，以及深深的眷念，都是人性真挚情感的自然流露，就如同渴了要喝水、饿了要吃饭一样。因而即使劳作再艰辛，在女子心中，完全被"归宁父母"的喜悦与憧憬所化解。

礼深教重枷满身

中国女性所处的社会地位，随着时代的变迁而发生变化。远古时代存在过母系氏族的社会形态，然而最迟到周代，古代社会已经建立起以男性为尊的父系社会。在宗法制度压迫下的女性，其生活状况从《诗经》中所表现的内容上可见一斑。古代社会给予妇女的，是一个既狭小又拘束的生活空间。女性生于那样的时代，被灌输夫权至上的思想，无怨无悔地恪守社会所教导的"本分"。

古时女性所拥有的地位，并非是由先天的特质所决定的，而是由以男性为尊的社会文化的标准来决定的。《诗经》中有许多关于女性的诗篇，反映了当时社会的心理，以及社会对女性的要求。如《小雅·鸿雁之什·斯干》诗中分别叙述生男生女的不同期望和待遇，"寝床""衣裳""弄璋"和"寝地""衣裼""弄瓦"形成对比：生男孩给他尊贵的盛饰，生女孩则给她普通的衣衫。

　　这样的环境下,女子生来就注定无法与男子享有同等的权利,也没有被社会赋予同等的期望和责任。可以说,社会对女性的期望值非常低,不要求她有自主的能力,只要求她顺从。因此,女性往往被强加以"卑贱"的气质,被驯化为终生受支配的对象。

　　古时的女性完全没有参政的权利。《大雅·荡之什·瞻卬》中"哲夫成城,哲妇倾城",直白地指出有智慧、善言辞的女性,都是危险的,只有男子才能建功立业,女子参政只会亡国败家。同样是才智过人,但仅仅因为性别的差异,就产生了两种截然不同的评议。在《诗经》时代,女性的生活准则与范围已然被圈定,以男性为尊的社会绝不允许女性与男性并驾齐驱,政治的大舞台只属于男人,女人则属于家庭。

　　古时候的女性,在社会上到底是什么形象呢?让我们来看看《关雎》中的描绘。《关雎》体现了古代男子择偶的条件,君子心目中的"好逑",是一位淑女,而且是悠闲、安静、举止安详稳重的淑女。青年男女相遇,一见钟情多发生在貌美女子的身上,如《卫风·硕人》中的描写就非常细腻。但是,倘若没有内秀,再美的容貌也是无用的,像《鄘风·君子偕老》一诗就表达了这样的观点,"子之不淑,云如之何",以及《邶风·燕燕》一诗中的"终温且惠,淑慎其身"。综合这些诗句的描述,可知古代男子心中理想的佳偶,是美貌与贤德的完美结合,然而两者相较,男子更为看重妇德。

有关古代女性的工作职责,《斯干》一诗中已经记得非常明确:"唯酒食是议。"妇女的职责是主内不主外,其活动范围被牢牢圈在家庭之内。《豳风·东山》一诗写妻子收拾好屋院,耐心等待丈夫归来;《小雅·楚茨》歌咏妇女忙碌于祭祀活动,称赞其劳作的迅速;《召南·采蘩》和《召南·采蘋》则更加详尽地描述妇女在祭祀过程中的一系列活动。

因为强烈的依附性,在古代,一旦达到婚配的年龄,女子对于寻找归宿的问题,都是极为迫切的。婚姻是女性最终的生存保障,除此之外似乎别无其他的道路可以选择。像《召南·摽有梅》一诗表现的就是女性及时未嫁的恐慌。然而,一旦婚嫁,往往不能如未出嫁时所憧憬的那样安然度日。古时,女性受制于男性,男子三妻四妾,喜新厌旧是常有的事,弃妇也就成为古代文学中常见的悲剧。

综合以上分析,我们可以得出这样的结论:古时女子命运多舛,多是宗法制度下重男轻女的倾向所导致的。男性意志主宰女性的社会地位与婚姻生活,导致女性没有自主权,没有参政权,总是处于被动的地位,只能在家庭中操劳一生。更有甚者,这些女子即便如此吃苦耐劳,也最终避免不了无端被弃的命运。

第六辑

劳动歌

七　月

七月流火[1]，九月授衣[2]。
一之日觱发[3]，二之日栗烈[4]。
无衣无褐[5]，何以卒岁[6]？
三之日于耜[7]，四之日举趾[8]。
同我妇子，馌彼南亩[9]，
田畯至喜[10]。

七月流火，九月授衣。
春日载阳[11]，有鸣仓庚[12]。
女执懿筐[13]，遵彼微行[14]，
爰求柔桑。春日迟迟，
采蘩祁祁[15]。女心伤悲，
殆及公子同归[16]。

七月流火，八月萑苇[17]。
蚕月条桑[18]，取彼斧斨[19]。
以伐远扬[20]，猗彼女桑[21]。

七月鸣鹏[22]，八月载绩[23]。
载玄载黄，我朱孔阳[24]，
为公子裳。

四月秀葽[25]，五月鸣蜩[26]。
八月其获，十月陨萚[27]。
一之日于貉，取彼狐狸，
为公子裘。二之日其同[28]，
载缵武功[29]。言私其豵[30]，
献豣于公[31]。

五月斯螽动股，六月莎鸡振羽[32]。
七月在野，八月在宇，
九月在户，十月蟋蟀入我床下。
穹窒熏鼠[33]，塞向墐户[34]。
嗟我妇子，曰为改岁[35]，
入此室处。

六月食郁及薁[36]，七月亨葵及菽[37]。
八月剥枣，十月获稻。
为此春酒，以介眉寿[38]。
七月食瓜，八月断壶[39]，
九月叔苴[40]，采荼薪樗[41]，
食我农夫。

九月筑场圃，十月纳禾稼。
黍稷重穋[42]，禾麻菽麦。
嗟我农夫，我稼既同，
上入执宫功[43]。昼尔于茅[44]，
宵尔索绹[45]。亟其乘屋[46]，
其始播百谷。

二之日凿冰冲冲[47]，三之日纳于凌阴[48]。
四之日其蚤[49]，献羔祭韭。
九月肃霜[50]，十月涤场[51]。
朋酒斯飨[52]，曰杀羔羊。
跻彼公堂[53]，称彼兕觥[54]，
万寿无疆！

注释

[1] 流：落下。火：星名，又称大火。

[2] 授衣：请妇女们缝制冬衣。

[3] 一之日：周历正月，夏历十一月，以此类推。觱（bì）发：寒风触物的声音。

[4] 栗烈：寒气袭人。

[5] 褐（hè）：粗布衣服。

[6] 卒岁：终岁，年底。

[7] 于：为，修理。耜（sì）：古代的一种农具。

[8] 举趾：抬足，这里指下地种田。

[9] 馌（yè）：送饭。南亩：南边的田地。

[10] 田畯（jùn）：农官。

[11] 载阳：天气开始暖和。

[12] 仓庚：黄莺。

[13] 懿筐：深筐。

[14] 遵：沿着。微行：田间小路。

[15] 蘩：白蒿。祁祁：人多的样子。

[16] 公子：一说是豳公的女儿，一说是贵族男子。归：出嫁。

[17] 萑（huán）苇：芦苇。

[18] 蚕月：养蚕的月份，即三月。条："挑"的借字，这里意指修剪。

[19] 斧斨（qiāng）：装柄处圆孔的叫斧，方孔的叫斨。

[20] 远扬：向上长的长枝条。

[21] 猗（yǐ）：通"掎"，攀折。女桑：嫩桑。

[22] 鵙（jú）：伯劳鸟，叫声响亮。

[23] 绩：纺织。

[24] 朱：红色。孔阳：很鲜艳。

[25] 秀葽（yāo）：秀指植物吐穗，葽是远志草，可入药。

[26] 蜩（tiáo）：蝉，知了。

[27] 陨：落下。蘀（tuò）：落叶。

[28] 同：会合。

[29] 缵：继续。武功：指打猎。

[30] 豵（zōng）：一岁的小野猪，泛指小兽。

[31] 豜（jiān）：三岁的大野猪，泛指大兽。

[32] 莎鸡：纺织娘（虫名）。

[33] 穹窒：打扫灰尘垃圾等堵塞物。

[34] 向：朝北的窗户。墐（jìn）：用泥涂抹。

[35] 改岁：更改年岁，指过年。

[36] 郁：一种植物，果实叫郁李。薁（yù）：野葡萄。

[37] 亨：烹。葵：一种蔬菜。菽：豆类的总称。

[38] 介：祈求。眉寿：长寿。

[39] 壶：同"瓠"，葫芦。

[40] 叔：拾取。苴（jū）：秋麻籽，可食。

[41] 荼（tú）：苦菜。薪：柴，名词活用作动词，砍柴。樗（chū）：臭椿树。

[42] 重：早种晚熟的作物。穋（lù）：晚种早熟的作物。

[43] 上：同"尚"，还得。宫功：修建宫室的劳役。

[44] 于茅：采集茅草。

[45] 索绹（táo）：搓绳子。

[46] 亟：急忙。乘屋：修理房顶。

[47] 冲冲：用力敲冰的声音。

[48] 凌阴：冰室。

[49] 蚤：早，一种祭祖仪式。

[50] 肃霜：肃爽，天高气爽。

[51] 涤场：打扫场院。

[52] 朋酒：两樽酒。飨（xiǎng）：用酒食招待客人。

[53] 跻（jī）：登上。公堂：公众会聚的场所。

[54] 称：举起。兕觥（sì gōng）：古时的酒器。

译文 诗经

七月火星向西落,九月妇女缝寒衣。
十一月北风劲吹,十二月寒气袭人。
好衣粗衣皆没有,怎么度过这个年?
正月开始修犁锄,二月田里去耕种。
带着妻儿齐耕作,把饭送到地南边,
田官喜笑又颜开。

七月火星向西落,九月妇女缝寒衣。
春光明媚暖融融,黄鹂歌唱声婉转。
姑娘提着深竹筐,沿着小路向前走,
伸手采摘嫩桑叶。春天来了日渐长,
人来人往采白蒿。姑娘心中好悲伤,
要随贵人嫁他乡。

七月火星向西落,八月要把芦苇割。
三月修剪桑树枝,手握斧头真锋利。
砍掉长长树枝条,攀着细枝摘嫩桑。

七月伯劳高声唱，八月开始织麻布。
蚕丝有黑又有黄，我的红色更鲜亮，
送给贵人做衣裳。

四月远志结了籽，五月知了阵阵叫。
八月田间收获忙，十月树上叶子落。
十一月上山打猎，猎取狐狸皮毛好，
送给贵人做皮袄。十二月猎人会合，
继续操练打猎忙。打到小猪归自己，
猎到大猪献王公。

五月蝈蝈弹腿响，六月纺织娘抖翅。
七月蟋蟀在田野，八月来到屋檐下，
九月蟋蟀进房中，十月钻进我床下。
打扫垃圾熏老鼠，封好北窗糊门缝。
再去嘱咐我妻子，一年将过新年到，
迁入这屋把身安。

六月食李和葡萄，七月煮葵又煮豆。
八月开始打红枣，十月下田收稻谷。
酿成春酒美又香，恭祝主人能长寿。
七月里来可吃瓜，八月到来摘葫芦，
九月采摘秋麻籽，摘了苦菜又砍柴，
养活农夫把心安。

175

九月修建打谷场,十月庄稼收进仓。
黍稷早稻和晚稻,粟麻豆麦全入仓。
叹我农夫真辛苦,庄稼刚好收拾完,
又为官家筑官室。白天要去采茅草,
夜里赶着搓麻绳。赶紧上房修房屋,
开春还要种百谷。

腊月凿冰冲冲响,正月送进冰窖藏。
二月开初祭祖先,献上韭菜和羊羔。
九月天高又气爽,十月清扫打谷场。
两樽美酒敬宾客,宰杀羊羔大家享。
主人登上高庙堂,举杯共同敬主人。
齐声高呼寿无疆!

四时田园好风景

以史诗般的气势来记述农家的劳作和艰辛，以时间为线索将农家生活的方方面面展现出来，在古代的诗歌作品中恐怕没有能够比《七月》更经典的了。

所谓不当家不知道柴米贵，不稼穑不知道农民苦。农民一年到头辛辛苦苦，看起来好像是在为自己忙碌着，其实是在为他人谋幸福：打猎时，猎得大的猎物要献给王公贵族，上好的裘皮也要进贡；即使是送到田间地头的饭食，那些官员也要来沾沾光；漂亮的衣服要送给达官贵人，自己却连粗布短衣都没有；除了上缴赋税之外，还得服劳役，为官家建造房屋；年终庆贺丰收的时候，还要祝愿主人万寿无疆。

农民们的日子正是在这种忙碌、平凡、单调、周而复始的劳作中默默度过的。其实，他们的愿望和要求再简单不过了：活着，活下去。他们并没有什么奢求，吃饱穿暖就可以了。他们的子子孙孙全都怀着这样简单的愿望和要求活着、劳作、繁衍生息。

他们既不会像衣食不愁的富家子弟那样觉得生活空虚,也不会像文人雅士那样怜花惜月,高谈阔论,感物伤怀,更不会像哲人一样去思索生活的意义是什么、存在的价值是什么——这样一些对他们来说有些不着边际的问题。单纯、质朴,就是他们的特点。活着就是一切,也是最高的要求。对他们来说,生活最重要的意义就在于活着。

这样的生活体验,触及生命最真实的层面。它真的是太实际了,以至于没有了任何浪漫色彩。自给自足、与世无争、乐天知命、安贫乐道、田园牧歌,全都是一些局外人的想象。生命的基本欲求如此残酷地横亘在面前,迫使人们必须放弃一切幻想,凭着自己的力量去同命运抗争。

《诗经·豳风·七月》完全可以视为是在讲述一个家族的故事,而家族在西周封建制的时代是社会中的一个最小的单位,因此《毛诗序》从中抽出了"陈王业"的话题也不是没一点儿道理。

王安石说:"仰观星日霜露之变,俯察虫鸟草木之化,以知天时,以授民事,女服事乎内,男服事乎外,上以诚爱下,下以忠利上,父父子子,夫夫妇妇,养老而慈幼,食力而助弱,其祭祀也时,其燕飨也节,此《七月》之义也。"但是它毕竟是在讲述一场场脚踏实地的劳作,其中有乐更有苦,有易更有难。它不需要刻意地进行粉饰,也无须努力编织一个美丽的梦想。不过即便这样，它也一定滤去了生活中许多的苦难和不幸，因为诗只想保留时人眼中有价值的经验以及心中亲切的风土和人情，并且使它成为传唱于人们口中的旋律。

《七月》的好，重在叙事。它以月令为兴，颠倒错综，亦实亦虚，贯穿全篇，整首诗显得既有序而又无序，既散漫而又整齐，仿佛在讲述一年中的故事，又仿佛这故事原本就属于周而复始的一年又一年。叙事之好，也在于事中有情。"春日载阳，有鸣仓庚。女执懿筐，遵彼微行，爰求柔桑。春日迟迟，采蘩祁祁。女心伤悲，殆及公子同归。"这句诗把一连串的事件嵌在了鲜翠流丽的背景之中。懿筐、微行、柔桑，是《诗经》中不多见的细微的刻画。但是这段文字与整首诗的规模又是互为补充的，因此，虽然是刻画，却让人不觉得有斧凿的痕迹。

"七月在野，八月在宇，九月在户，十月蟋蟀入我床下"，这是《七月》中的神来之笔，也堪称《诗经》中的妙笔。《采蘋》一篇的叙事与它有异曲同工之妙，但是它把时间与空间拉得更长久、广阔，主角衔着推移时令的游丝隐藏在最后。宋玉的《九辩》"独申旦而不寐兮，哀蟋蟀之宵征"，正是化用了这一句的意思，虽然诗人的心中充满了悲哀，但是"蟋蟀之宵征"读起来却让人不禁莞尔。后来姜白石的《齐天乐·咏蟋蟀》中"露湿铜铺，苔侵石井，都是曾听伊处"，也还是从"豳诗漫与"中引来的，而那才真的是"哀音似诉"了。

179

且看男耕与女桑

《豳风·七月》是一首非常完整的农事诗。诗中叙述了先秦黎民每月的劳作、女工以及采集、狩猎等生产劳动。其他诸如《小雅·甫田》《大雅·生民》《大雅·绵》《周颂·臣工》等也都能反映当时农业生产的情况。

周代的农业生产工具虽然仍以木、石、骨、蚌等材质为主，但是金属农具的使用已经日渐增多。"命我众人，庤乃钱镈，奄观铚艾。"钱为铲类，镈为锄类，铚艾是收割工具，这些农具大都为金字旁，这些就是使用金属农具的例证。

《诗经》中所记载的粮食作物的名称有 21 个，但大多是同物异名或者是同一种作物的不同品种，归纳起来，它们所代表的粮食作物只有六七种，这就是粟、黍、菽、麦、稻和麻。在这些作物中，粟和黍是最为重要的。从原始社会开始直到商周，它们是黄河流域也是全国最主要的粮食作物。尤其是粟，种植范围更广。粟的别名是稷,也被用来称呼农官和农神,而"社(土地神)稷"则成为国家的代称。

原始社会的农业生产实行的是撂荒耕作制,一般一块地在耕种几年之后,便要抛荒,重新寻找新的土地来源。这种耕作制度在商代时仍然存在,有人认为,商代多次迁都的原因之一,就是撂荒。但是到了西周时代,便开始进入到休闲耕作制。《诗经》及《周易》中有菑、新、畲的记载。菑田,是指休闲田,任由其长草;新田是休闲之后重新耕种的田地;畲田则是在耕种之后第二年的田地,田中已经长草,但是经过除草之后,仍然可以种植。菑、新、畲记载的出现,表明以三年为一周期的耕作制度已经出现,这是农业技术进步的一个标志。

夏商西周时期,垄作的出现是农业生产技术的一个重大进步。垄作的出现,为的是解决排涝和灌溉的问题。北方地区的气候虽然是以干旱为主,但是在夏季作物的生长高峰时期如果出现集中降雨则会发生洪涝。垄作最初主要是与排涝有关的。垄,也可以称为"亩",《诗经》中有所谓"乃疆乃理,乃宣乃亩",也就是在平整的土地上划定疆界、开沟起垄、宣泄雨水的意思。当时人们在进行这两项工作的时候,非常注意地势高低和水流走向,于是要求"自西徂东""南东其亩",目的就在于排涝。

垄作的出现虽然是与排涝有关,但是却对后来的农业技术——如抗旱保墒的代田法等——的出现产生了重大的影响,而且也影响着栽培技术的进步。《诗经·大雅·生民》中有"禾役穟穟"之语,"禾役"指禾苗的行列,表明当时已经有分行栽培技术的出现。分行栽培的出现又为除草和培土提供了便利的条件。

农业的历史在某种程度上也可以说是与杂草做斗争的历史。原始的刀耕火种只能清除播种之前的杂草,但在播种之后,有些杂草就又会随着作物一同长出来,有些杂草不仅难以辨认,而且清除起来也要比播种之前困难得多,为了使莠不乱苗,也就有了中耕除草的出现。商代的甲骨卜辞中已经有耨草的记载了,到了西周时期,有关中耕除草的记载也越来越多了,《诗经·小雅·甫田》有"今适南亩,或耘或耔,黍稷薿薿"。耘,即中耕除草;耔,即培土;薿薿,则是生长茂盛的样子。表明当时的人们已经认识到了,经过中耕、除草和培土,作物就可以生长茂盛。耘在周代,又被称为"穮"。《说文解字》:"穮,耕禾间也。从禾,麃声。"也就是今天所说的中耕。中耕除草,在当时已经成为一项经常性的农活。后来的农业实践证明,中耕除草还具有抗旱的作用。但是当时的人们对此却并没有清醒的认识,抗旱还主要借助于灌溉来解决。《小雅·白华》中又有"滮池北流,浸彼稻田"的诗句,这是有关稻田引水灌溉的最早记载。但当时使用最多的还可能是取水灌溉。

农业生产中,在除草的同时,还需留意治虫的工作。卜辞中有关于虫害的记载,而《诗经》中则有治虫的方法。《诗经·小雅·大田》:"去其螟螣,及其蟊贼,无害我田稚,田祖有神,秉畀炎火。"螟、螣、蟊、贼分别是就其为害作物的部位而对害虫所进行的分类：食心曰螟，食叶曰螣，食根曰蟊，食节曰贼。从"秉畀炎火"一句来看，当时的人们已经开始利用某些害虫的趋光性来用火治虫了。

可以说《诗经》既是一部伟大的文学作品，同时也是一把让现代人了解和认识中国古代农业史的钥匙。

丰 年

丰年多黍多稌[1],亦有高廪[2],
万亿及秭[3]。为酒为醴,
烝畀祖妣[4],以洽百礼[5],
降福孔皆[6]。

注释

[1] 稌（tú）：稻子。

[2] 廪（lǐn）：收藏粮食的仓库。

[3] 亿：周代十万为亿。秭：周代以十亿为秭。亿、秭都指数量极多。

[4] 烝：进献。畀（bì）：给予。

[5] 洽：齐备。

[6] 孔：很。皆：普遍。

译文

丰收之年多黍稻,还有粮仓大又高,
装进万亿黍和稻。酿制美酒和琼浆,
献给先祖和先妣,备齐百礼祭神灵,
神降福祉到人间。

欢庆祈愿丰收年

在丰收时节的庆贺仪式上，我们的祖先总是忘不了祭祀神灵，因为他们把丰收归功于神灵的恩赐。也许这也是古代先民的一种普遍心态。其实，丰收是人们用自己的双手和辛勤的汗水换来的，这个"神灵"不是别人，正是这些辛勤劳作的百姓。因此，人们在祭祀丰收之神的时候，实际上也是在祝福自己。

我国古代称国家为社稷，社即是土神，稷则是谷神。由此我们可以看出，当时农业对于国家来说是何等重要。人民的生存主要依赖于农业的生产，而且政权的稳固也要以农业生产作为保障。作物的收成在当时必然就成了朝野上下关注的头等大事。由于生产力发展的限制，当时农民基本上还是靠天吃饭，《小雅·大田》中"雨我公田，遂及我私"的喜悦以及《甫田》里"琴瑟击鼓，以御田祖，以祈甘雨，以介我稷黍，以谷我士女"的迫切心情，就是最好的明证。农民靠天吃饭，所以并非每年都是丰收年,因此,一旦遇上好年头,家家丰收,自然就要举行盛大的庆祝活动。

从《丰年》的字里行间,我们可以猜测出它是人们遇上好年头、大丰收时,在举行庆祝祭祀仪式上咏唱的颂歌。诗的开头很有特色。诗人以静态的描写手法,描绘了一幅丰收景象——许许多多的粮食谷物都贮藏在高大的仓廪之中——接着再用难以计算的数字直书收获的丰盛。这些静态的景象虽然十分壮观,但透过这层表象,我们不难想象它背后那千万农夫长年辛劳的动态场景。诗人寓动于静,使读者的思想能够在广阔的天地间驰骋。

因为丰收而感谢神灵,自然就要以丰收的果实作为祭祀之物。所以诗中写道:"为酒为醴,烝畀祖妣。"因为丰收,祭品丰盛,从而"以洽百礼"、面面俱到。"降福孔皆"不仅是对神灵所赐恩泽的赞颂,也是在向神灵祈求下一个恩赐。在《丰年》这首诗中,前两句是写丰收与祭品,而后两句则是关于祭祀的描写。

周颂的《载芟》中出现过"万亿及秭。为酒为醴,烝畀祖妣,以洽百礼"这四句。在《丰年》中诗人所表现的是一种劳动人民丰收的现实和对未来幸福的祈祷,而《载芟》中所表现的仅仅是人们对丰收的祈求和向往。两首诗都涉及到人们对未来的祈盼与展望,这与其说是当时的人们深谋远虑,还不如说是他们在深深地感受到失去主宰自己命运的能力时所表现出的无奈。神灵作为一种引导人们方向的精神存在,确实是不可缺少的。同样,我们的祖先在我们后人的心目中也已经成为一种意义,一种感念的对象,也是不可缺少的。倘若没有了精神上的依托和感念,人生也就像失去了指向标,只能随波逐流。

天地为床心归元

以我们现代人的眼光来看，无论西方还是东方，从历史的角度出发，大部分国家都是信仰宗教的国家。多数民族的文明都受各自宗教文明的支配。而我国历来则是宗教信仰自由的国家，也可以说，我国是一个不受宗教支配其文明发展的国家。

勉强说来，我国最初的"宗教"，就是统治中国两千多年的儒家思想，即儒教。不过儒教这两个字，仅仅是有叛逆心理的哲学家创造的具有攻击性的词语，并不能说儒教就是宗教。当佛教经尼泊尔传入中国，尤其是在唐宋之后，佛教便发扬光大，不断推动着中国文化的多元发展；我国本土的道教，在这个时期成了中国三大教之一，也同样具有举足轻重的地位。

其实宗教不过是一种精神的依托或是文明形式对生活于这种文明下的生命群体的集中，世界其他民族、民族群几乎都有宗教信仰的现象,而中国却没有,那或许就意味着中国人的个性很强。不过中国却有自己独特的精神崇拜对象,即中国的祖先崇拜。

世界上其他国家的文明大多是以宗教崇拜的形式出现的,但在中国,在出现部落文明的时候,却是以祖先崇拜的形式出现的。那么什么是"祖先"呢?这里提到的祖先或者是本部落里有名望,或者做出了巨大贡献的人物。当然也有来自其他部族的,却同样在这个部落里做出了贡献或是实行了真正统治的人。所以中国的这种祖先崇拜,其实可以看作中国众多文明互相融合的产物。例如三皇五帝,他们就是祖先崇拜的一个特例,其实三皇五帝不是同一时期的人,他们属于不同的部落,但却成为所有中国人的崇拜对象。

事实上,中国的文明延续到现在,就足以证明,祖先崇拜是没有血统限制的。

西方人或是阿拉伯人,会为他们敬爱的"神"建庙宇、雕塑像。历史上的其他民族大部分也会这样做。而在我国,人们会为"人"修庙宇、立塑像。这个"人",就是作为祖先崇拜对象而存在的"祖先"。简单来说,中国人崇拜的是人,并且将这种"人"视为圣人。其实这些"祖先"包含了各行各业有名有姓的人物,政治家、军事家亦或民族英雄。但是在其他国家,人们所崇拜的是某个宗教人物,即神或圣者的崇拜。虽然两者有相同点,同是崇拜,但其中存在一些完全不同的方面,即对虚拟世界与真实世界的不同认识。因为中国人就比较讲究实际，更富有一种人情味。这也是不同的价值观和文明中所存在的思想差异所造成的。

采 蘩

于以采蘩[1]？于沼于沚[2]。
于以用之？公侯之事。

于以采蘩？于涧之中。
于以用之？公侯之宫。

被之僮僮[3]，夙夜在公[4]。
被之祁祁[5]，薄言还归。

注释

[1] 于以：到哪里去。蘩：水草名，即白蒿。

[2] 沼：沼泽。沚：小洲。

[3] 被（bì）："髲"的借字，当时女子戴的一种首饰。僮僮（tóng）：童童，意思是首饰繁多。

[4] 夙夜：早晨和晚上。

[5] 祁祁：本义形容云多，这里形首饰众多的样子。

译文

到哪里去采白蒿？在沼泽和沙洲旁。
白蒿采来做什么？公侯拿去祭祖先。

到哪里去采白蒿？在那深深山涧中。
白蒿采来做什么？公侯宗庙祭祀用。

头饰盛装佩戴齐，从早到晚去侍奉。
佩戴首饰真华丽，侍奉结束回家去。

夙夜奔忙却为谁

全诗描述的是采蘩（白蒿）者的辛劳，字里行间透着一股淡淡的哀怨。

诗的第一章，出现了一群忙于"采蘩"的女宫（因罪或从坐没入宫中服役的女子）。她们日夜穿梭于池沼、山涧之间，寻找祭祀所需的白蒿，采摘够一定的数量之后，就匆忙送到"公侯之宫"。诗中采用了简短的问答之语："于以采蘩，于涧之中。于以用之？公侯之宫。"——"哪里采的白蒿？""水洲中、池塘边。""采来做什么？""公侯之家祭祀用。"一答一问间，那采蘩的忙碌景象已浮于眼前，采蘩女匆忙赶路，只能简短地回答好奇者的询问。问者刚听闻答复，采蘩女的身影就已远去了，问者追不及待再追问一句，那"公侯之事"的回答声竟遥远得如同传自空旷的山涧。第二章延续第一章的一问一答，则更显忙碌之色。读者甚至可以从诗中依稀看到采蘩女的匆忙身影。

第三章的描述与上两章似乎有些脱节,这实则是一种跳跃式的画面呈现,从繁忙的野外采摘,一下子来到忙碌的宗庙祭祀的现场。由于祭祀事宜的庄严性,女宫的装束也十分讲究,穿着盛装,梳着一丝不苟的发髻,头戴光洁华丽的发饰。像这样一次必须"夙夜在公"的盛大祭祀,女宫们究竟要花费多少心血?诗中并没有做任何的铺陈,就直接将视线转移至她们的妆容上,进而间接烘托出女宫们因操劳过度而无暇自顾的无奈心境。那顶着松散发髻、拖着无力的两腿走在回家路上的女宫们,人们已细辨不出她们脸上究竟带着几分释然、几分辛酸。诗尾的"薄言还归"对此已作了余味悠长的回答。

诗文读来只觉得酸涩悲凉,有人认为《采蘩》是诸侯夫人的自咏之辞,这种说法有附会的嫌疑。穿行于诗文其间,实是通宵达旦辛勤劳作的女宫;急促的应答、发饰的变化,记录着女宫们"夙夜在公"的悲戚。她们千辛万苦到野外采来白蒿,是供王公贵族祭祀用;费心劳神打扮装点,不是为自己,而是为别人。为谁辛苦为谁忙?全是为他人作嫁衣裳。其中滋味唯有女宫们自己知晓。虽然没有明说,读者却能感到平淡的叙述中藏有的几许怨愤。

如此想来,做人其实也摆脱不了为他人作嫁衣的处境。其中的细微差别只在:自觉与不自觉,顺从与被迫。

画罗织扇总如云

人们在阅读《诗经》中质朴优美诗文的同时,也能够从中一睹西周至春秋时期的服饰文化。以下是对《诗经》中出现的一些描写衣冠服饰词语所作的简单介绍。

冕,在西周时期,指的是天子与一些高品级的朝臣所戴的礼帽,后来这一指称就专为帝王所用。古时所戴的礼帽及其款式,同朝服一样有着严格的等级限制。《诗经·卫风·淇奥》诗中云:"有匪君子,充耳琇莹,会弁如星。"在周代,贵族所戴的帽子两边的丝绳垂在耳际,并在此处系一块美玉,就好像塞住了耳朵一般,下方再配上长穗。弁,这里是指一种以鹿皮为原料的帽子,可以将玉石有规则地缀在帽子上,因为玉石的数量很多,看上去如同点点繁星。

早在西周时期,因为材质的多样,服装已有许多种款型。《诗经·秦风·终南》诗中有云:"君子至止,锦衣狐裘,颜如渥丹,其君也哉!""君子至止,黻衣绣裳,佩玉将将,寿考不忘。"诗文的大意是:秦君来到这里,身穿花纹丝织和狐裘,红彤彤的华衣焕发润泽,鲜艳夺目;秦君来到这里,身着多色花纹的上衣和刺绣美观的裤子,玉佩锵锵作响,诚挚地祝愿秦君健康长寿。

《诗经·大雅·丝衣》诗云:"丝衣其紑,载弁俅俅。"紑,鲜洁;载,即戴;弁,此处指一种圆顶的草帽或布帽;俅俅,形容恭顺。此外,还有一种说法是丝衣指祭服,弁指祭帽。从上下文意来看,这是写周王举行养老之礼,也可以作一般礼服解释。西周时期已有各种服饰。《诗经·曹风·候人》中有云:"彼其之子,三百赤芾。"芾,当时官服上的革制蔽膝,呈长方形,上窄下宽,缝在肚子到下膝之间的位置。大官用红色,小官用红黑色。"芾"还可以指代女子的带饰,与"缡"是相对的。未出嫁的女子用"芾";出嫁的则系"缡",并由长辈来系结,意在身系于人,为女子的蔽膝。

周代的服饰不仅材质多样,款式特别,而且当时的制衣工艺已达到可印染多种颜色衣服的水平。《诗经·邶风·绿衣》中写到一位丈夫悼念亡妻,通过对亡妻所制衣服,寄托对亡妻的思念之情:"绿兮衣兮,绿衣黄里。""绿衣黄里",说明西周已有不同颜色搭配的服装。《诗经·郑风·缁衣》有"缁衣之宜兮"的诗句。缁,黑色;宜,合身。《诗经·郑风·子衿》:"青青子衿,悠悠我心。"写的是一位女子思念情人:你穿着交领和青色上衣，那学子风度，好不让人思念。《郑风·出其东门》有"缟衣綦巾""缟衣茹藘"的诗句。缟，白色的绢；綦巾，浅绿色的裙；藘，麻类植物；茹，通染。藘经过通染可以变成红色。《出其东门》表达了一位男子对女子的爱慕之情：无论她是穿着白绢的上衣，配以浅绿的长裙，还是随意地围着白布染色的佩巾，只要见到她，都会令我欢喜无比。

鸿　雁

鸿雁于飞，肃肃其羽[1]。
之子于征[2]，劬劳于野[3]。
爰及矜人[4]，哀此鳏寡[5]。

鸿雁于飞，集于中泽[6]。
之子于垣[7]，百堵皆作[8]。
虽则劬劳，其究安宅[9]。

鸿雁于飞，哀鸣嗷嗷。
维此哲人[10]，谓我劬劳。
维彼愚人，谓我宣骄[11]。

注释

[1] 肃肃:翅膀拍动的声音。

[2] 之子:那人,指服役者。征:出行。

[3] 劬(qú)劳:辛勤劳作。

[4] 爰:语气助词,没有实义。矜人:穷苦可怜的人。

[5] 鳏(guān)寡:年老无妻叫鳏,年老无夫叫寡。

[6] 中泽:泽中,水中。

[7] 垣:墙。

[8] 堵:古代墙壁的计量单位,也指代墙壁。

[9] 究:究竟、到底。宅:居住。

[10] 哲人:明理的人,聪明的人。

[11] 宣骄:骄傲、逞强。

译文

大雁成群天上飞，翅膀啪啦声阵阵。
服役之人出门去，劳累辛苦在郊野。
念及心中可怜人，为那鳏寡心哀伤。

大雁成群天上飞，停落在那水中央。
服役之人筑高墙，高墙百堵皆筑起。
虽然劳累又辛苦，到底安身在何方。

大雁成群天上飞，声声哀鸣好悲凉。
只有那些明白人，说我辛苦又劳累。
但是那些愚昧人，说我骄傲又逞强。

诗经赏析

潦倒又举浊酒杯

在我们身边,明智、富有同情心、善解人意的小人物有很多。这些人往往能够抛开自我为他人着想,然而他们自己却不能为他人所理解。

表面上看来,这似乎让人愤愤不平。但是事实上,这又是无可奈何的。因为小人物始终都被认为是小人物,他们永远都处在社会的边缘而不被人注意。只有那些只顾自己、心狠手辣、寡廉鲜耻、以自我为中心的人,才可能在芸芸众生之中"脱颖而出",高居人上、显赫一时。所以,小人物自有成为小人物的道理与哀愁,显赫的人物自有成为显赫人物的隐讳和痛苦。生活的真正面目就是这样。

《鸿雁》是一首"饥者歌其食,劳者歌其事"的现实主义诗作,借鸿雁表现流民寸步难行的沉重生活。诗歌首章以鸿雁振翅高飞兴流民远行的"劬劳"。流民被迫到野外去服劳役,连鳏寡之人也不能幸免。振翅高飞的大雁勾起了流民对自身颠沛流离、无处安身的感叹，感叹中包含着对繁重徭役的深深哀怨。反映了被压迫者的不幸，揭露了统治者的残酷无情。

作者以鸿雁起兴，不仅可以引起读者丰富的联想，而且兼有比义。鸿雁是一种候鸟，秋来南去，春来北迁，这与流民被迫在野外服劳役、四方奔走、居无定处的境况十分相似。鸿雁在长途迁徙中的鸣叫，声音凄厉，听起来十分悲苦，这不禁使人触景生情，平添一丝愁绪。

第二章承接上章，以鸿雁集于泽中兴流民聚集高墙一处。描写了流民服劳役筑墙的情景。鸿雁聚集泽中，象征着流民在工地上集体劳作。这些服役之人从早到晚劳作不止，虽然筑起了很多堵高墙，但是自己却没有安身之地。这两章都是兴中有比，意味深长。

诗歌的第三章以鸿雁的哀鸣开头。大雁一声声的哀叫，使流民产生了凄苦的共鸣，他们便情不自禁地吟唱苦音，借此来表达心中的怨愤、哀伤，诉说命运的悲惨。但是却遭到那些贵族富人的嘲弄和讥笑。此章比中含兴，增强了诗歌的形象性和艺术表现力。

整首诗可以说感情深沉，语言质朴，韵调谐畅。每章所写的具体内容虽各不相同，但却有内在的逻辑联系。首章写出行野外，次章写工地筑墙，末章表述哀怨，内容逐层展开，主题在一步步中升华。再加上"鸿雁""劬劳"等词在诗中反复出现，形成了重章叠唱的特点，有一唱三叹的韵味，堪称佳作。

秋鸿有信云中来

鸿雁是一种随阳之鸟。虽然在季节和环境的渲染下，它给人一种"悲秋"的印象，但是与蟋蟀、鸣蝉等昆虫相比，鸿雁仍有一种独特的、向上的美。当我们听到深秋里的昆虫浅吟低唱时，不免产生一种物华将近的寂寥之感；当我们看到列队南飞的鸿雁时，则心胸开阔、精神振奋。"秋色萧条，秋容有红蓼。秋风拂地，万籁也寥寥。惟见宾鸿，冲入在秋空里，任逍遥。"这便是对鸿雁这种审美对象的生动把握。

鸿雁是一种健飞之鸟。它翱翔天际时，翔姿优美，亦刚亦柔，但它不似鹰鹞那样猛悍桀骜，也不似鹤鹭那样轻灵飘逸，它能够给人一种坚韧、强劲的审美感受。无论在风频雨骤的春日，还是在霜寒月冷的秋夜，当鸿雁结阵翱翔、引吭嘹唳地掠过长空时，我们的这种审美感受就更加明显和强烈。真可谓是"蜃楼百尺耸沧海，雁字一行书绛霄"。

鸿雁南迁的阵容非常壮观,一群群大雁雄姿勃勃地掠过长空,不禁唤起诗人雄浑悲壮的审美感受,而这种感受对于边塞诗人来说,尤为强烈。"雁来惨淡沙场外,月出苍茫云海间。"边塞诗人善于借秋空雁阵渲染沙场征战的雄浑悲壮之貌,"情中有景,景中带情"地抒发战争的悲苦与无奈。

第七辑

断章阙

甘　棠

蔽芾甘棠[1],
　勿剪勿伐[2],
　召伯所茇[3]。

蔽芾甘棠,
　勿剪勿败[4],
　召伯所憩[5]。

蔽芾甘棠,
　勿剪勿拜[6],
　召伯所说[7]。

注释

[1] 蔽芾（fèi）：树木高大茂盛的样子。甘棠：棠梨树，落叶乔木，果实甜美。

[2] 剪：修剪。

[3] 召伯：姬奭（shì），封地为召，故称召公。茇（bá）：草屋，这里是指在草屋中居住。

[4] 败：破坏，毁坏。

[5] 憩（qì）：休息。

[6] 拜：用作"拔"，意思是拔除。

[7] 说（shuì）：休息，歇息。

译文

棠梨枝繁叶茂盛,
切勿修剪莫砍伐,
召伯曾经树下住。

棠梨枝繁叶茂盛,
切勿修剪莫损毁,
召伯曾经树下歇。

棠梨枝繁叶茂盛,
切勿修剪莫拔根,
召伯曾经树下停。

去思怀仁追嘉贤

常言道,饮水思源,缘木思本。《甘棠》一诗就是感念前人恩德的佳作。

《甘棠》一诗,蓝菊荪在《诗经国风今译》中认为是讽刺召公的作品,而古今众多学者都认为应是怀念召公的诗作。召伯南巡,从不占用民房,只是在甘棠树下稍作停顿,断讼决狱、支棚安歇。这种关心民间疾苦,不扰民、为民众排忧的好国君,自然获得百姓的称颂。因而后世的人不忘前人,世代留下甘棠树追忆恩公。

全诗共有三章,每章有三句。诗文由物引出人,由思人到爱物,因仰慕召公的高尚品格而发展为对甘棠的爱护。对甘棠树的一枝一叶,诗歌从强调不要砍伐、毁坏,再到强调不能攀折枝叶,这些都从侧面烘托出人民对召公的爱戴,这种爱源于对召公德政教化的衷心感激。而诗文前两句先告诫人们不要损伤"甘棠",而不是先说明原委。这样安排不仅为召公的故事埋下了伏笔,也使读者对"甘棠"的典故印象深刻。短短诗文竟藏如此渊源,可见作者构思之巧妙。诗文仅用赋体铺陈排列,物象鲜明,文意精要,寓意深远,真挚感人,无怪乎吴闿生的《诗义会通》引旧说许为"千古去思之祖"。

果香四溢满《诗经》

中国的水果种类十分丰富,栽种水果与应用水果的历史也十分久远。中国人对水果的广泛运用,可以从各种祭祀、典礼、会议及人际交往之间的礼仪馈赠中反映出来。

在先秦时期的典籍中,桃、李、枣、栗是最常出现的果品,还有梨、梅、杏、柿、瓜、山楂、桑葚、杞、花红、樱桃也偶尔见诸典籍之中。其中最常见的桃、李、枣、栗常被作为祭品或赠礼。除了《诗经》中"投桃报李"的典故外,《左传》中还有"二桃杀三士"的故事。枣栗常用于祭祀活动。这四种果品中,桃是最为常见的,出现频率远超过其他果品。《诗经》诗句中作比兴的对象常是生活中常见的事物,由此可见桃树的普遍性。此外,在春秋战国时期,也出现了许多带"桃"字的地名,像桃丘、桃林等。

随着南方文化渐渐进入上层社会的视野,产于南方的许多水果也渐渐出现在北方人的食谱中。包括橘、柚、柑、橙、荔枝、龙眼、林檎（又称花红）、枇杷、杨梅、橄榄等。这些水果的原产地除了中国南方以外，还盛产于印度和南洋一带。

原产于长江中下游的柑橘类水果约在春秋战国时期就已经很常见了。人们耳熟能详的《淮南子》中的"橘逾淮为枳"的故事讲述的就是柑橘类水果的生长特性。橘柚常作为合称，主要产在淮河以南地区，被归于南方的特产之列。

荔枝及其他的一些水果，多产于西蜀或岭南地区，比橘柚晚一些进入中原地区，但最晚至汉代，也算是较为常见的水果了。传说荔枝是汉武帝破南越时传入的，也有的说是南越王赵佗献给汉高祖的。因为荔枝远产自岭南，中原地区不易获得，因而在古代被视为珍品。汉朝皇帝曾将北方罕见的水果，像橘、橙、荔枝、龙眼等赐予匈奴单于。

枇杷产于西蜀、岭南、荆州、扬州等地。因为产量少，其珍贵性和荔枝不相上下。林檎和苹果长得非常相似，都是蔷薇科植物，原产于西蜀和南方。直到晋代，林檎仍是极为珍贵的水果。到了唐朝以后，因为气候的变化，典籍中食用林檎的记载比较少见，倒是出现了许多歌咏林檎花的诗句。橄榄在汉武帝时期，有人曾尝试将它与荔枝、龙眼、柑橘一起移植北方，但好像失败了。在中国，橄榄主要栽种在岭南一带，栽种情况并不算十分普及。

野葡萄在中国也有生长区域，但中国人开始吃葡萄的历史，则要从由西方引进葡萄的时候算起，酿葡萄酒的方式也是在这时传入的。一般认为葡萄是由西域传入内地的。关于这一点，典籍中的最早记载见于《史记》："大宛以蒲桃为酒，富人藏酒至万余石，久者数十岁不败。"当时葡萄被视为珍稀水果，到了唐代，唐人嗜食胡食，葡萄酿酒的工艺得到推广，葡萄酒也因此走入千家万户。

鹤 鸣

鹤鸣于九皋[1]，声闻于野。
鱼潜在渊，或在于渚[2]。
乐彼之园，爰有树檀[3]，
其下维萚[4]。它山之石[5]，
可以为错[6]。

鹤鸣于九皋，声闻于天。
鱼在于渚，或潜在渊。
乐彼之园，爰有树檀，
其下维榖[7]。它山之石，
可以攻玉。

注释

[1] 皋（gāo）：沼泽。九皋：极尽曲折的沼泽。

[2] 渚（zhǔ）：水中的小块陆地。

[3] 爰：语气助词，没有实义。檀：檀树。

[4] 萚（tuò）：落叶。

[5] 它：别的，其他。

[6] 错：也作"厝"，磨玉的石块。

[7] 榖：楮树。

译文 诗经

白鹤鸣叫在深泽,鸣声四野都传遍。
鱼儿潜游在深渊,时而游到小滩边。
那个可爱的园林,种着高大的檀树,
树下落叶铺满地。其他山上的石块,
可以用来磨玉石。

白鹤鸣叫在深泽,鸣声响亮上云天。
鱼儿游到小滩边,时而潜游在深渊。
那个可爱的园林,种着高大的紫檀,
树下长的是楮树。其他山上的石块,
可以用来磨玉石。

败褐难掩金镶玉

《鹤鸣》共分两章，每章九句。前后两章共用了四个比喻，格式相仿，但是韵脚不同。朱熹这样分析第一章："盖鹤鸣于九皋，而声闻于野，言诚之不可掩也；鱼潜在渊，而或在于渚，言理之无定在也；园有树檀，而其下维萚，言爱当知其恶也；他山之石，而可以为错，言憎当知其善也。由是四者引而伸之，触类而长之，天下之理，其庶几乎？"他将诗中四个比喻，概括为四种思想，即：诚、理、爱、憎。真正有才华的君子，即使隐居也难以隐去美好的名声；真理并非刻板僵硬的教条，而是包罗万象，无所拘束；要做到仁爱，首先需要看透这个世界的黑暗；要想批判某个事物，更应当先了解此物的可爱之处。朱熹最后指出，如果将此四种思想进一步提炼升华，就可以得出一种普遍的真理。朱熹的这种说法看起来颇具辩证性，他主张用发展、变化的角度分析问题，并且提倡兼顾问题的两面性。

朱熹在分析第二章时借用程子的一段话,程子曰:"玉之温润,天下之至美也。石之粗厉,天下之至恶也。然两玉相磨,不可以成器,以石磨之,然后玉之为器,得以成焉。犹君子之与小人处也,横逆侵加,然后修省畏避,动心忍性,增益预防,而义理生焉,道理成焉。"程子与朱熹在对诗歌的分析手法上,可以说是如出一辙,两人都惯于突破诗歌本身所言之物,借题发挥,引申为理学思想的阐发。例如诗中"他山之石,可以攻玉"一句,单从字面来看,诗歌所表达的意思就是另一座山上的石头,可以用来磨制玉器,今人也常常引以为喻。然而朱熹与程子之见是否就是诗的本义呢?似乎很难说清楚。

其实,就诗论诗,不妨认为这是一首即景抒情小诗。诗人来到广袤的荒野上,阵阵鹤鸣声传四方、直入云霄;鱼儿一会儿潜入深渊,一会儿又跃上滩头。放眼观望时,一座园林映入眼帘。林中有高大的檀树,檀树下面还堆着一层枯枝落叶。园林的近旁,又有一座怪石嶙峋的山峰。山上的石头坚不可摧,是适合磨砺美玉的良器。诗中诗人从听觉写到视觉,然后写到内心的所思所感,以一条清晰的脉络贯穿全篇,也使诗歌的结构十分完整。我们在欣赏这首诗歌的同时,似乎也看到了一幅诗人漫游荒野的图画。而且在这幅优美的图画中,有声有色、有情有景,读起来不免令人产生思古望今的情怀。若刻意求深,强作解人,未免有故作高深的嫌疑。

风光无限情意绵

在中国丰富多彩的诗歌文化中，山水田园诗可以算是一道亮丽的风景线。悠久的华夏历史、广阔的山河风光为擅长创作山水田园诗的诗人提供了大量的灵感和素材，从而使他们创作出了大量优秀的山水田园诗。

山水田园诗派的诗人们大多都怀有一颗强烈的爱国之心。他们以名山大川为筋骨血脉，以田园为肌肉，在这片神州大地上获取了取之不尽的创作题材和灵感。山水田园哺育着华夏儿女，诗人就热爱山水田园，骨子里也不可避免地便产生了一种深沉的山河之恋、乡土之爱和浓郁的爱国之情。山水田园诗人在爱国主义精神的激励之下遍游祖国的青山绿水，饱览田园风光，讴歌华夏风物，从而创作出优美的山水颂歌，为我国的爱国主义文学的发展做出了重大的贡献，从一定意义上说，山水田园诗对爱国主义传统的继承与发扬发挥了不可忽视的作用。

山水田园诗的兴起，最早可以追溯到遥远的上古时代。早期的山水田园诗主要是生活在田园中的人们所创作的农事歌谣。如《诗经》中的《豳风·七月》《齐风·甫田》《小雅·大田》，这些都可以看作是初期的山水田园诗。六朝以后，山水田园诗逐渐发扬光大，这一时期的山水诗大多颂扬山水田园之美以表山河之恋、故土之情。诗人借山水抒发自己的爱国之情。

曹操的《观沧海》可以说是古代第一首较为完整的山水诗。诗人在诗中描写了北方的山水、大海，"水何澹澹，山岛竦峙。树木丛生，百草丰茂。秋风萧瑟，洪波涌起。日月之行，若出其中。星汉灿烂，若出其里"等描写寓志寄情，视野开阔。到东晋南朝时期，山水田园诗作为独立的诗歌流派与完整的艺术形式正式出现在古代诗坛上。东晋南朝诗人几乎都善于创作山水田园诗，其中以陶渊明的田园诗、谢灵运的山水诗最为著名，可以说他们的诗既肇其源，又奠其基。

山水田园诗的发展过程是曲折的。

从周代到东汉建安近千年的时间里，国家的山水依旧，田园风光也是一天比一天壮美，但是在这一时期内的田园诗却很少，更没有山水诗。其原因首先是其时生产力与后世相比还不甚发达，诗歌沿"饥者歌其食，劳者歌其事"的现实主义方向发展，无暇留意山水田园之美，更难及山水田园之妙。其次是其时诗歌还未成熟，文学还未进入自觉时代，因此以描写山水田园来外化人格、以寄寓理趣性灵的心态追求意境美的高层次的诗歌便不可能诞生。并且从先秦至汉代，诗人多是普通百姓，他们受生活及文学水平的制约，无暇欣赏也无法描绘表现山水田园之美。再次，其时时代的主导思潮是重人事、重现实的前期儒家思想，儒家诗学的中心是"言志"，传统是"发乎情止乎礼"，人们受此影响也很少能作出写景物重内涵的山水田园诗。最后，其时经济文化中心在中原，与南方相比，山水田园之美是较为逊色的，受审美客体影响，也不可能产生较为成熟的山水田园诗。纵向考察，山水田园诗恰须此四者并具才可能产生并走向成熟。

两晋南北朝时期，由于社会空前黑暗，血腥的现实动摇了儒家"修身、齐家、治国、平天下"的理念，而玄学、释道思想也随之兴起；士大夫们或超脱现实，或沉迷于美人醇酒，或走向自然，享受南方山水之乐趣，于是两晋南北朝便有竹林七贤与宫体诗人，还有玄言诗人与山水田园诗人。不过士人们未能完全忘怀"修齐治平"，更不能完全脱离现实，于是诗中便出现了矛盾与痛苦。相比之下，一心向佛、遁入空门似乎太过于孤寂难耐，但是陷于美人醇酒又显得极其消极。走向自然去享受山水中所蕴含的快乐，则是一种两全其美的选择，因此创作山水田园诗就成了当时的一种时尚。那些热衷于创作山水田园诗的人不仅在诗坛上是颇具活力的，他们的诗作也为后世带来了深远的影响。

思 齐

思齐大任[1],文王之母。
思媚周姜[2],京室之妇[3]。
大姒嗣徽音[4],则百斯男[5]。

惠于宗公[6],神罔时怨[7],
神罔时恫[8]。刑于寡妻[9],
至于兄弟,以御于家邦[10]。

雍雍在宫[11],肃肃在庙[12]。
不显亦临[13],无射亦保[14]。

肆戎疾不殄[15],烈假不瑕[16]。
不闻亦式,不谏亦入[17]。

肆成人有德,小子有造。
古之人无斁[18],誉髦斯士[19]。

注释

[1] 思：语气助词，没有实义。齐（zhāi）：同"斋"，端庄。大任：太任，指周文王的母亲。

[2] 媚：美好，指品行恭顺，性情和婉。周姜：太姜，周文王的祖母。

[3] 京室：周王室。

[4] 大姒（sì）：太姒，指周文王的妻子。嗣：继承。徽音：美好的名声。

[5] 则百斯男：意思是说子孙众多。

[6] 惠：孝顺。宗公：宗庙的先人。

[7] 罔：无。时：所。

[8] 恫（tōng）：伤心。

[9] 刑：法则，这里指做典范。寡妻：君王谦称己妻。

[10] 御：治理。

[11] 雍雍：和谐的样子。宫：家。

[12] 肃肃：庄严恭敬的样子。

[13] 不显：丕显，指国家大事。临：视察。

[14] 无射（yì）：不厌倦。保：保持。

[15] 肆：因此，所以。戎疾：西戎的祸患。不：语气助词，没有实义。殄（tiǎn）：残害、灭绝。

[16] 烈假：指大病，有害的疾病。瑕：远去。

[17] 入：容纳，采纳。

[18] 斁（yì）：厌倦。

[19] 誉：美名、声誉。髦：俊，优秀。

译文

举止端庄的太任,是周文王的母亲。
德行美好的太姜,成为王室的贵妇。
太姒继承好名声,养育了众多子孙。

文王孝祖又敬宗,神灵对他没怨恨,
神灵不对他伤心。能给妻子做典范,
推及族中众兄弟,以此治理国和家。

文王家里很和谐,宗庙祭祀也恭敬。
国家大事亲视察,孜孜不倦持德行。

西戎大难都断绝,疾病也都不再有。
听到忠言就接受,臣子进谏便采纳。

因此成人好品德,孩童弟子可造就。
文王诲人不倦怠,乐于进拔好人才。

克己垂范九州平

在《思齐》首章中,诗人用六句诗歌分别赞美了周室的三位女性,即俗称的"周室三母":文王祖母周姜(太姜)、生母大任(太任)以及妻子大姒(太姒)。

首章只是全诗的一个引子,全诗的重心在于后面四章。第二章的六句包含了两层意思。前三句是说文王因为孝敬祖先而受到了神灵的庇佑。后三句说文王以身作则,使妻子和兄弟都能够像自己那样拥有美好的品德,最后还将这种美德推及到家族邦国当中去。

从第三章开始,每章由原来的六句变为四句。第三章的前两句起到了承上启下的作用,以文王在家庭和宗教这两个环境中的表现,赞颂他能够处处以身作则、为人表率的美德。后两句"不显亦临,无射亦保"则更加细致入微地表现了主题。本诗中的"不显"则是"丕显",本义为很明显的事,引申为国家大事。

第四句的"无射",即"无斁"。"无斁",也就是无厌、不倦的意思。"无射亦保"的"保"即是"明哲保身"的"保",所以,全句的意思是说文王孜孜不倦地保持着美好的德行。

如果说第三章谈的是"修身"的话,那么最后两章就是在讲"治国"了。第四章的前两句"肆戎疾不殄,烈假不瑕",说的是文王好善修德,所以能够使天下太平,解除内忧外患。历代诗学家对"瑕""殄"二字的解释,可谓数不胜数。其实这两个字的意义非常相近,两个字都有伤害、灭绝的意思。第四章最后两句"不闻亦式,不谏亦入",各家的解释也是五花八门。《诗集传》的解释可谓是最简洁的:"虽事之无所前闻者,而亦无不合于法度。虽无谏诤之者,而亦未尝不入于善。"

最后一章主要讲的是文王注重对人才的培养和优秀人才的选拔,最后一句"誉髦斯士",一直以来对它的理解也是颇有争议的。高亨在《诗经今注》中说:"'誉髦斯士',当作'誉斯髦士','斯髦'二字传写误倒。《小雅·甫田》:'燕我髦士。'《大雅·棫朴》:'髦士攸宜。'都是髦士连文,可证。"其实"誉"表示好,"髦"表示俊,在此作为动词使用,所以"誉髦斯士"就是"以斯士为誉髦"的意思。

全诗包含了修身、齐家、治国、平天下之道,使我们看到周文王身上所具备的熠熠生辉的美好德行。

在中国的历史长河中,有几个君主能够像周文王那样做到以身作则、率先垂范呢?那些身处权力顶峰的人,大多很难抵御权力的诱惑与冲击。而处于传统的世袭制度之中，无上的权力对于贵族子弟来说就是囊中之物，不需要经过努力便可轻易获得。而轻易得来的东西，他们用起来便也不懂得珍惜。运用权力获得的利益反过来会引发他们更大的欲望。于是，上层决策便陷入了恶性循环，社会也随之陷入一片黑暗。也许，周文王与其他那些起不到表率作用的君主的差别，就在于他深知得江山不易、守江山更难的道理吧。

渭水河畔一钓翁

周文王姓姬，名昌，因为曾被商纣王赐封为西伯侯，所以又被世人称为西伯。周文王精通阴阳八卦，因于羑里（今河南省汤阴县城北）时推演出《易经》的后天八卦，所以《易经》又常常被称为《周易》。周文王在位的时候，就以"贤名闻于诸侯"。据《史记》记载，周文王曾经为了能够废除炮烙之刑而将河西之地献出，而且他还礼贤下士，十分重视人才，当时有许多贤士都投到了他的门下。

姜子牙是汲人，也就是今天的河南省卫辉市太公泉镇人，名尚，字子牙。因为他的先祖佐禹治水有功，被封于吕，所以他又叫作吕尚，但世人大多称他为姜太公。据传说，姜子牙五十岁的时候，在棘津当过小贩，在他七十岁的时候，又在朝歌屠牛卖肉以维持生计，到了八十岁，就整日坐在渭河边上垂钓。后来，他相继辅佐周文王和周武王，攻打殷商，振兴周朝，最终殷商被灭,他又被周武王封于齐。

关于周文王是如何请到姜子牙来辅佐自己的,在民间,流传着一个传说:周文王经常外出打猎,有一天,在打猎途中,当行至渭河边时,他远远就看见有一位白胡子老人坐在河边垂钓,但是令人惊讶的是,老人所用的鱼钩竟然没有在水里,而是离水面还有三尺多的距离。周文王深感怪异,于是就走上前去询问,可是当他走近的时候才发现,老人所用的鱼钩竟然是直的。周文王站在老人身旁想看个究竟,可是始终没有看见有鱼上钩,他好奇地问道:"您这样钓鱼,鱼什么时候才能上钩呀?"姜子牙回答:"我不是在钓鱼,而是在钓人啊,自会有愿者上钩的。"周文王又问:"那您曾经钓到过吗?"姜子牙收起鱼竿,转身对周文王说:"就在今日。"周文王一听,知道自己一定是遇到高人了,于是赶忙躬身相请。而姜子牙却说:"我可以随你回去,但是必须由你亲自为我驾车。"周文王听后,竟也毫不犹豫地亲自驾车拉着姜子牙往回走。后来,走了一段路程之后,周文王突然感觉到体力不支,于是就停了下来,转身问道:"可以了吗?"姜子牙回答道:"素闻文王敬重贤能,如今相见,果然名不虚传。今天你能够拉我走八百步,日后我定能保你周朝兴盛八百年。"周文王听到此话,赶紧说愿意再拉老人一段。可姜子牙却哈哈大笑,说道:"天意如此,再拉无益。"于是,邀请周文王上车,一同前往西岐。后来,果然应验了姜子牙的话,从武王建立周朝到秦始皇建立秦朝,正好有八百多年的时间。

木 瓜

投我以木瓜[1]，报之以琼琚[2]。
匪报也，永以为好也。

投我以木桃，报之以琼瑶[3]。
匪报也，永以为好也。

投我以木李，报之以琼玖[4]。
匪报也，永以为好也。

注释

[1] 投:投送。

[2] 琼:美玉。琚(jū):佩玉。

[3] 瑶:美玉。

[4] 玖(jiǔ):浅黑色的玉。

译文

你送给了我木瓜,我以美玉回报你。
美玉不仅是回报,主要为了永相好。

你送给了我木桃,我用美玉作回报。
美玉不单是回报,主要为了永相好。

你把木李送给我,我用美玉作回报。
美玉不仅是回报,也是为了永相好。

赏析 诗经

良琚难表情意深

古人云：来而不往非礼也。这是我们这个礼仪之邦的习惯和规矩。在一般的人际交往中尚且如此，男女之间的交往中更是这样。在男女之间的交往中，"投桃报李"已不再是一般的礼节，而是一种礼仪。礼物本身所具有的价值已经不重要了，象征的意义则更加突出，以显示两心相许，两情相悦。

《木瓜》一诗，从章句结构上来看，非常有特色。

首先，诗中并没有运用《诗经》中最典型的句式——四字句。并不是不能用四字句，而是作者在有意无意地用一种独特的句式制造一种跌宕有致的韵味，从而使诗在歌唱的时候易于达到声情并茂的效果。

其次，诗句具有一种重叠复沓的美感。"木瓜""木桃""木李"根据李时珍《本草纲目》的考证是同一属的植物，它们的差异大概和橘、柑、橙之间的差异一样。这样的格式看起来宛如唐代乐工根据王维的诗谱写的《阳关三叠》乐歌，一唱三叹，回环婉转，这也是由《诗经》的音乐性与文学性所决定的。

　　你赠给我水果，我回赠你美玉，这与"投桃报李"不同，主人公回报的东西其价值要比受赠的东西的价值大得多，这也充分彰显了一种人类的高尚情感。这种情感所重视的是心心相印，是精神上的契合，而并不是单纯的物质价值的衡量，因而回赠的东西和其价值的高低在这里实际上也只具有象征性的意义了，由此也可以看出上古先民对人与人之间情意的珍视。诗歌中说"匪报也""投我以木瓜，报之以琼琚"，其深层的语义应当是：虽然你送给我的是木瓜，但是你的情意其实比琼琚还要珍贵；我以琼琚相报，也难以表达我心中对你的感激之情。由此也可以看出作者胸襟的高朗与开阔，完全没有衡量厚薄轻重的算计，他想要表达的就是：珍视、理解他人的情意便是最高尚的情意。

千年磨玉显温光

中国文化学意义上的玉，内涵比较宽泛。汉代许慎在《说文解字》一书中说："玉，石之美者，有五德。"所谓五德，即指玉的五个特性。凡是具有坚韧的质地、晶润的光泽、绚丽的色彩、致密而透明的组织、舒扬致远的敲击声的美石，都被认为是玉。

中国是世界上主要的产玉国之一，开采玉石的历史非常悠久，玉石材料的分布地域也极其广泛，且储量非常丰富。中国最著名的产玉地点是新疆的和田。和田玉蕴量最富、色泽最艳、品质最优、价格最昂，是中国古代玉器原料的重要来源，历代皇室都爱用和田玉来制作工艺品。除了和田玉以外，甘肃的酒泉玉、陕西的蓝田玉、河南的独山玉和密县玉、辽宁的岫岩玉等，也是中国玉器的常用原料。

中国加工制作玉器的历史源远流长，至今已经有七千年的辉煌历史了。七千年前,南方河姆渡文化的先民们,在选石制器的过程中,有意识地把拣到的美石制成装饰品,用来装饰自己,点缀生活,从此揭开了中国玉文化的序幕。

在距今四五千年前的新石器时代中晚期,辽河流域、黄河上下、长江南北,到处闪耀着古老玉文化的光芒。当时玉器的加工已经从制石行业中分离出来,成了独立的手工业部门。以太湖流域良渚文化、辽河流域红山文化的出土玉器最为引人注目。

良渚文化的玉器种类较多,典型的器形有玉琮、玉璧、玉钺、三叉形玉器以及成串的玉项饰等。良渚玉器以体大自居,显得深沉严谨,整体上讲究一种对称和均衡的美感。工艺上尤其是以浅浮雕的装饰手法见长,特别是线刻技艺,几乎达到了后世也望尘莫及的地步。最能反映良渚琢玉水平的是形式多样、数量众多,又使人感到非常神秘的玉琮和兽面羽人纹的刻画。

与良渚玉器相比,红山文化很少有呆板的方形玉器,而是以动物形的玉器和圆形的玉器为特色。典型的器形有玉龙、玉兽形饰、玉箍形器等。红山文化的琢玉技艺最大的特点是,玉匠能巧妙地运用玉材,把握住物体的造型特点,即使是寥寥数刀,也可以把器物的形象刻画得栩栩如生,十分传神。"神似"是红山古玉最大的特色。红山古玉,不以大取胜,而是以精巧见长。

传说中的夏代,是中国的第一个阶级社会。夏代玉器的风格,应该是良渚文化、龙山文化、红山文化玉器向殷商玉器的过渡形态,这一点可以从河南偃师二里头遗址出土的玉器窥见一斑。二里头出土的七孔玉刀，造型源于新石器时代晚期的多孔石刀，而刻纹又带有商代玉器双线勾勒的特点，应该属于夏代玉器。

商代是我国第一个有书写文字的奴隶制朝代。商代文明不仅以璀璨的青铜文化闻名，也以多元的玉器文化著称。

商代早期玉器，琢制比较粗糙。商代晚期玉器以安阳殷墟妇好墓出土的玉器为代表，共出土玉器755件，按用途可分为祭器、仪仗、工具、日常器皿、装饰品和杂器六大类。最令人叹服是，商代已经开始出现大量的圆雕作品，此外玉匠还运用双线并列的阴刻线条（俗称双勾线），有意识地将一条阳纹呈现在两条阴线中间，使阴阳线同时发挥出刚劲有力的作用，而把整个图案变化得曲尽其妙。既消除了完全使用阴线的单调感，又增强了图案花纹线条的立体感。

西周玉器在继承殷商玉器双线勾勒技艺的同时，独创"一面坡"粗线或细阴线镂刻的琢玉技艺，这在鸟形玉刀和兽面纹玉饰上大放异彩。但从总体上看，西周玉器不像商代玉器那样活泼多样，有点呆板，过于规矩。这与西周严格的宗法、礼俗制度也不无关系。

春秋战国时期，玉雕艺术大放异彩，与当时地中海流域的希腊、罗马石雕艺术相媲美。

春秋战国时期，和田玉大量输入中原，王室诸侯竞相选用和田玉，此时儒生们把礼学与和田玉结合起来，用和田玉来体现礼学思想。这成为了中国玉雕艺术经久不衰的理论依据，是中国人七千年爱玉风尚的精神支柱。

到秦代，由于出土的秦玉寥寥可数，秦玉的艺术面貌还有赖于地下考古的新发现。

汉代玉器继承了战国玉雕的精华，并且有所发展，从而奠定了中国玉文化的基本格局。汉代玉器可分为礼玉、葬玉、饰玉、陈设玉四大类，最能体现汉代玉器特色和雕琢工艺水平的，是葬玉和陈设玉。

在中国玉器工艺发展史上，长达三个半世纪的三国魏晋南北朝时期，是高度发达的汉唐玉雕之间的一个低潮期，这一时期出土的玉器非常少，而且都具有汉代的遗韵，只有玉杯和玉盏算是创新的作品。这与当时风靡一时的佛教美术和陵墓石刻艺术极不相称。究其原委，当时不爱好琢玉，而是盛行吃玉。在神仙思想和道教炼丹术的影响下，觅玉、吃玉达到了疯狂的程度。"玉亦仙药，但难得耳。""服金者，寿如金；服玉者，寿如玉。"早期玉器的美术价值和礼仪观念，这时已消失殆尽。

隋代的玉器琢磨精细，质地温润，光泽柔和，金玉互为衬托，富丽高雅。

唐代的玉器数量虽然不多，但是所出土的玉器件件都是珍品，工艺极佳。唐代玉匠从绘画、雕塑及西域艺术中汲取艺术营养，琢磨出具有盛唐风格的玉器。

公元960年至1234年的274年间，是中国历史上宋辽、宋金的对峙分裂时期。宋代虽不是一个武力强盛的王朝，却是中国文化史和艺术史上一个极其重要的时期。宋辽、宋金之间既互相挞伐又互通贸易，经济、文化交往十分密切，玉器艺术一时间繁荣无比。宋徽宗赵佶的嗜玉成瘾，金石学的兴起，工笔绘画的发展，城市经济的繁荣，写实主义和世俗化的倾向，都直接或间接地促进了宋、辽、金玉器的空前发展。宋、辽、金的玉器中，实用装饰玉占重要地位，"礼"性大减，"玩"味大增，玉器更接近现实生活。南宋的玉荷叶杯，北宋的花形镂雕玉佩，女真、契丹的"春水玉""秋山玉"，都是代表这一时期琢玉水平的佳作。

元代玉器延续了宋、金时期的艺术风格，采取起凸的手法，其典型器物是渎山大玉海，随形施艺，海神兽畅游于惊涛骇浪之中，颇具元人雄健豪迈的气魄。

明清玉器千姿百态，茶酒具盛行，仿古玉器层出不穷。工艺上也是精益求精。玉器与社会文化生活关系日臻密切，文人在书斋作画、书写，往往也用玉做笔洗、笔筒、墨床、镇纸、臂搁等文具，或以玉做陈设装饰。玉山子是清代特有的新式玉器，大禹治水图是我国现存最大的玉山子。清代兼收西域痕都斯坦式玉器的琢玉经验，琢制了一批胎薄如纸，轻巧隽秀的"番作"玉器。明清玉器借鉴绘画、雕刻、工艺的表现手法，汲取传统的阳线、阴线、平凸、隐起、起凸、镂空、立体、俏色、烧古等多种琢玉工艺，融会贯通，综合应用，达到了炉火纯青的艺术境界。

中国玉器经过七千年的持续发展，经过无数能工巧匠的精雕细琢，经过历代统治者和鉴赏家的使用赏玩，经过礼学家的诠释美化，不仅具有美学价值，更被赋予精神意义，玉成了华夏民族不可缺少的精神寄托。

参考书目

1. 聂石樵主编《诗经新注》，齐鲁书社，2006
2. 扬之水：《诗经名物新证》，北京古籍出版社，2000
3. 刘晶雯整理《闻一多诗经讲义》，天津古籍出版社，2005
4. 雒启坤：《〈诗经〉散论》，商务印书馆，2003
5. 钱发平：《诗经的历史》，重庆出版社，2006
6. 杨善群、郑嘉融：《话说中国——诗经里的世界》，上海文艺出版社，2005
7. 扬之水：《诗经别裁》，江西教育出版社，2000
8. 蒋立甫：《诗经选注》，北京出版社，1981
9. 王巍：《诗经民俗文化阐释》，商务印书馆，2004
10. 周啸天主编《诗经楚辞鉴赏辞典》，四川辞书出版社，1990
11. 许嘉璐：《中国古代衣食住行》，北京出版社，1988
12. 王力主编《中国古代文化常识》，江苏教育出版社，2005